AF424839

Allevatori

Un romanzo Western

Richard G. Hole

Far West

SINOSSI

Era stato un allevatore che, in un atto di audacia e coraggio, senza paura del luogo, degli indiani, del clima e di tutte le disavventure, aveva aperto la via due anni fa.

Lì aveva lanciato il suo bestiame con fortuna e successo, perché si era sbarazzato di tutto il suo bestiame e da lì erano partiti per rifornire città e paesi che mancavano di carne e la pagavano a buon prezzo.

Alcuni allevatori, di fronte alla possibilità di sbarazzarsi del loro bestiame vendendolo a un prezzo ragionevole, non hanno esitato a buttarsi nelle vicissitudini della rotta incerta e pericolosa...

Allevatori è una storia appartenente alla collezione Far West, una raccolta di romanzi sviluppati nel selvaggio West americano.

ALLEVATORI

CAPITOLO I

QUANDO UN UOMO È NEL BLOCCO...

Correva l'anno 1870, un anno turbolento in Texas e ancor più a San Antonio, dove si era concentrato l'intero movimento del bestiame nella regione.

Il percorso dalle lunghe orecchie che Jesse Chisholm aveva coraggiosamente aperto due anni fa, per guidare le migliaia di bovini che nessuno sapeva cosa fare con loro a causa del disordine che aveva causato la fine della Guerra Civile, era in pieno svolgimento.

I commerci in quello che fu l'ampio e lungo teatro della guerra erano quasi paralizzati, non c'era mercato favorevole dove collocare il bestiame; Questi si erano moltiplicati straordinariamente durante la guerra e gli allevatori semi-impoveriti fecero sforzi eroici per poter piazzare il loro bestiame e livellare i loro affari impoveriti dalla guerra.

Era stato Chisholm che, in un atto di audacia e coraggio, senza paura del luogo, degli indiani, del clima e di tutte le disavventure, aveva aperto due anni fa la via dell'Abilene e lì aveva lanciato il suo bestiame con fortuna e successo, perché si sbarazzarono di tutto il loro bestiame e di là partirono per rifornire città e paesi che non avevano carne e la pagarono a buon prezzo.

Quando si seppe la notizia, altri allevatori lo avevano imitato l'anno successivo e siccome San Antonio era il capo del percorso, quello era diventato un focolaio di bestiame, braccianti e altri elementi che, come conseguenza della nuova impresa, vennero lo stesso che vola a un gustoso nido d'ape.

Alcuni allevatori, di fronte alla possibilità di smaltire il proprio bestiame rivendendolo a un prezzo ragionevole, non esitarono a gettarsi nelle vicissitudini del percorso incerto e pericoloso. Tra la fame e il contare su bestiame più che sufficiente per ricostruire le loro fattorie ed esporsi utilmente, preferivano il secondo.

I peoni, alcuni coraggiosi per natura, altri coraggiosi per necessità, erano anche disposti a sostenere i loro datori di lavoro. Era il mezzo per assicurarsi i posti di lavoro in pericolo e avere una buona paga, poiché questi erano in sintonia con lo sforzo di dare un contributo.

Il percorso aveva creato diverse nuove attività derivate da quella di base. Alcuni esperti di bovini, con denaro per poterlo utilizzare, pedinavano l'arrivo di piccoli armenti, che difficilmente valeva la pena di buttarli per strada perché l'utilità non sarebbe mai stata al livello del pericolo e si rivolgevano ai modesti proprietari offrendoli in acquisto il loro bestiame ai piedi del fiume.

Era vero che il prezzo da pagare era basso, ma molti lo accettarono. Era denaro al sicuro, evitando la fatica del percorso, il pericolo di non arrivare con il bestiame e la spesa di pagare i peoni addetti alla guida.

Questi trafficanti raccolsero diversi piccoli fagotti per formarne uno, nutrito, serio, degno della fatica e del rischio di correre, e quando ebbero raccolto quattro o cinquemila capi di bestiame, si gettarono nella prateria dirigendosi verso Abilene.

E sotto la protezione di questo maremoto, non mancavano operai che venivano all'odore dei tubi per arruolarsi con una buona paga. Sapevano dei pericoli da correre, ma sapevano anche che alla fine del percorso c'erano molti dollari che li aspettavano e una città di bestiame, dove venivano offerti tutti i tipi di vizi e distrazioni, dove potevano spendere quei dollari e compensare la loro stanchezza. di guida.

Ma non erano tutte pedine nel vero senso della parola. C'erano anche molti avventurieri, gente senza scrupoli, disertori degli eserciti che avevano vagato per il Texas al salto di uccisione, se non all'assalto di quello che trovavano per strada e laureati dell'Esercito, che, senza occupazione, perché offerte di lavoro erano scarsi, si dimostrarono disposti a tentare la fortuna con le squadre in viaggio, poiché molti pacchi arrivavano senza personale sufficiente per il percorso.

Altri vennero con intenzioni meno nobili. Si sapeva di alcuni piccoli autisti che, dopo aver assunto uomini che si chiamavano manovali senza lavoro a caso, dopo essersi lasciati alle spalle San Antonio, in mezzo alla strada, avevano cospirato per impossessarsi dei fagotti che guidavano, eliminando i loro proprietari e lavoratori dipendenti . , per affermarsi come proprietari e arrivare con il bestiame ad Abilene dove li vendettero facendo un grande affare.

E c'erano anche alcune cosche organizzate che, in cerca di opportunità, spiavano l'arrivo degli hatajo, imparavano quanto fosse utile ai loro ignobili affari e, al momento opportuno, si lanciavano sugli hatajo e se non ne avevano abbastanza uomini Per difenderli, li sequestrarono nella prateria aperta e continuarono la loro guida finché non furono liquidati ad Abilene.

Vi furono vari altri tipi di rapine, di cui furono sempre vittime i maleducati allevatori di bestiame, ma con quanto sopra è sufficiente rendersi conto del clima morale che regnava a San Antonio nella primavera dell'anno 1870.

E sebbene nulla sia stato detto su coloro che vivevano sotto la copertura del gioco d'azzardo e delle rapine notturne contro le quali erano noti per offrire qualche bottino, facevano anche parte della pletora di indesiderabili e sfruttatori che si erano stabiliti nella popolosa città.

E non potevano mancare uomini armati audaci, che, come i Thompson e alcuni altri, esercitavano la loro egemonia in città, senza che nessuno osasse opporsi a loro per quanto pericoloso potesse essere il tentativo.

Tra i più duri e pericolosi che quest'anno hanno governato la città imponendone la legge e la forza, spiccava Gregory Scott, un uomo alto, ben costruito, bruno, con occhi neri lucenti, baffi stretti e setosi, labbra sottili e mento pronunciato. Vestiva molto elegantemente e possedeva belle mani, con dita lunghe e ben curate, che lo denunciavano come un professionista delle carte da gioco.

Di Gregorio non si sapeva assolutamente nulla. Era apparso a San Antonio come una meteora infuocata all'inizio del percorso e, in meno di due anni, era diventato la figura più popolare e pericolosa di San Antonio.

Aveva iniziato a giocare, per poi dirigere un tavolo da gioco in un'importante bisca della città. In seguito rinunciò alla mensa, e non fu più possibile definire la sua attività, sebbene si dicesse che fosse uno dei principali promotori della nascente attività di acquistare bestiame dagli allevatori, per poi inviarlo ad Abilene con l'incarico di uomini di cui si fidava.

Di questi ne aveva sempre qualcuno da ribattere. Erano la sua corte d'onore e anche la sua guardia personale, e se Gregorio era personalmente pericoloso, con questa scorta era invulnerabile.

Ma non era solo Gregory a esercitare una qualche influenza perniciosa a San Antonio. C'erano altri capi o capigruppo, dediti ad attività illecite, anche se, a quanto pare, per evitare scontri a loro non vantaggiosi, avevano delimitato i campi e si guardavano bene dal competere per le gravi conseguenze che potevano esser loro causate.

Tra i più importanti, anche se non era vicino all'altezza di Gregory, c'era un tale di nome Woodrow Harding, un uomo piuttosto grasso di media statura, sui trentacinque anni, con una faccia sgradevole. Era burbero, combattente e si vantava di essere stato un cowboy, per poi arruolarsi nell'Esercito del Sud, da cui aveva disertato per diventare un ladro di ranch nel dopoguerra.

All'inizio del percorso si era fermato a San Antonio con alcuni di quelli che formavano la sua banda di predoni e con loro si era dedicato a curiosare nelle osterie e nelle sale da gioco, per prendere nota di chi faceva soldi o veniva al città per perseguitarli. come bestie feroci e li attaccano se l'occasione è favorevole, privandoli del loro denaro quando non della vita.

Frequentatore abituale dei luoghi più pericolosi di San Antonio, aveva fatto conoscenza con Gregory ed era stato ossequioso e servile con lui. La sua idea era convincere Gregory a collaborare con lui e diventare parte della sua organizzazione di bestiame. Harding capì che si trattava di un'attività più grande e più sana e poiché non osava affrontare il pericoloso sicario, finse di lavorare al suo fianco, offrendo di contribuire con una somma all'attività se Gregory fosse d'accordo.

Quest'ultimo aveva ritardato la faccenda. Al momento non aveva bisogno di soci, poiché gli bastava per organizzare la sua attività e, poiché aveva persone che assecondavano i suoi ordini con la certezza che sarebbero stati eseguiti, non doveva distribuire utili che non avevano bisogno di aiuto per ottenere loro.

D'altra parte, di recente era successo qualcosa che a Gregory non piaceva. I suoi uomini avevano scoperto un tipo con qualche migliaio di dollari che voleva spenderlo in bestiame, e Gregory stava progettando una trappola per ripulirlo da quella cifra, senza nemmeno dargli in cambio il corno di un corno.

Ma prima che il suo piano si realizzasse, Harding aveva annusato i soldi del ragazzo e una notte, mentre stava andando alla locanda, fu derubato e derubato dei soldi, dopo avergli dato un tremendo culo alla testa che lo lasciò svenuto sul strada. Nessuno sapeva chi avesse commesso la rapina, ma Gregory aveva dei sospetti molto forti per incolpare Harding della rapina al commerciante ed era qualcosa che non era disposto a perdonare, perché il suo orgoglio non permetteva a nessuno di calpestare un buon affare.

Gregory aveva cercato di ottenere la verità da Harding sulla rapina. Voleva avere la certezza di non sbagliare, sapere cosa aspettarsi dopo.

Ma Harding, con un sorriso enigmatico, aveva risposto:

«Non so di cosa stai parlando, Gregory.

"Penso di aver parlato un inglese perfetto.

"Beh, sì, ma…, non pensi che gli affari di tutti siano cose personali di cui non dovrebbero essere consapevoli? Se ti chiedessi certe cose, mi diresti qualcosa di simile.

Gregorio si rese conto che non lo avrebbe fatto parlare e rispose:

«Non te l'ho chiesto con lo spirito di immischiarti nei tuoi affari, Harding. Mi sembrava che l'aggressione avesse la tua impronta ed è per questo che l'ho commentata. Penso che, come dici tu, sia meglio parlare d'altro.

"D'accordo. Ognuno di noi si difende come meglio può e sotto questo aspetto sei tu a portare la parte importante.

"Qualcuno me l'ha dato? Ho saputo avviare una mia attività e la difendo come tu fai la tua. C'è per tutti.

La conversazione era finita lì, ma Gregory era più convinto di prima che la faccenda fosse stata rovinata da Harding.

E come Harding, nonostante fosse un elemento piuttosto duro e pericoloso, era in pericolo.

E Harding, che era sospettoso e scaltro, doveva aver intuito che c'era qualcosa di minaccioso per lui nella domanda e stava in guardia. Non si poteva giocare con Gregory e se gliene aveva parlato di quella faccenda per qualcosa che lo colpiva, doveva vivere molto vigile per non farsi travolgere dal rivale.

Due giorni dopo, poco prima del tramonto, Gregory entrò a "El Caballo Salvaje", un bar-bisca che frequentava regolarmente, e al bar scoprì Harding. Quando lo vide, si irrigidì un po', ma, salutandolo con un sorriso che voleva catturare, lo invitò:

«Prendi qualcosa per me, Gregory.

"Grazie, dammi un "whisky".

Si avvicinò al bar, dove veniva servito il drink.

Hardin ha chiesto:

"Come va a quest'ora?

"Sto cercando di trovare il tempo fino alle otto per incontrare i miei amici" Il dollaro d'argento. "

«Anche io non ho molto da fare fino a tardi. Ti piacerebbe ammazzare il tempo giocando a poker?

Gregory stava per rifiutare, ma riflettendo rapidamente, rispose:

"Beh, devo ammazzare il tempo su qualcosa.

Harding ordinò un mazzo e altri due bicchieri di "whisky" e indicò un tavolo dove dovevano essere serviti.

Il gioco iniziò e dopo un po' di fluttuazioni, Gregory iniziò a vincere diverse mani di fila.

Harding accusò la perdita senza battere ciglio. Doveva essere abituato agli alti e bassi della fortuna e aveva i nervi saldi per sopportare le sue marmellate.

Freddo e impassibile, continuò a giocare, mentre Gregory, con un sorriso lieve e strano, sembrava ignaro degli alti e bassi del gioco e accettava la posta con indifferenza.

Ma poco dopo la situazione si è ribaltata. Gregory iniziò a perdere e, pur mantenendo lo stesso atteggiamento spensierato, seguiva con interesse le vicende del gioco.

Di tanto in tanto, mentre il suo avversario mischiava, spostava le monete d'oro sul tavolo e le lasciava scivolare in fila lungo le sue dita a tenaglia, sapeva quali erano nelle pile.

Finché uno dei trucchi non fu finito, spinse le carte dicendo dolcemente:

"Lasciamolo così, no?

"Come vuoi. Sembra che ora che perdi non ti piaccia più di tanto.

"No, non mi piace. Ti ho lasciato battere otto mani di fila tradendomi, e mentre ho giocato con i tuoi soldi, lo posso ammettere. Nel mio caso sarebbe qualcosa altro.

"Hai detto otto volte?

"Giusto. Credi che non me ne sia accorto?

"Lo immaginavo, ma non negherai che ci sono stati tanti trucchi quanti mi hai fatto all'inizio. L'ho capito anche io, ma ero sicuro di riavere i miei soldi. Se no...

«Cosa sarebbe successo? chiese piano Gregory.

"Chi lo sa!

"Tu, che hai lanciato la minaccia.

"È meglio lasciar perdere. Non è successo niente e...

"Non mi piacciono gli uomini che tornano indietro dopo aver rilasciato la lingua. Quando minacci, devi sostenere il ragazzo, altrimenti ti esponi a essere chiamato un codardo maiale.

Harding, sentendo l'offesa, si rese conto che il suo avversario aveva provocato quel set solo allo scopo di fare una rissa e, conoscendolo, non voleva dargli il minimo margine di vantaggio. Balzò in piedi, mettendo la mano lungo il fianco, mentre Gregory non si era mosso dal suo posto, un po' scostato dal tavolo.

Ma Harding ha avuto solo il tempo di tirare fuori la "Colt", perché quando voleva usarla, era tardi. Gregory, dalla sua sedia con il solo movimento della mano e inclinando l'arma, aveva sparato piazzando due proiettili nel ventre del suo avversario.

Il suo revolver era pronto per essere sparato senza bisogno di estrarlo. La punta della fondina era stata tagliata e il grilletto era esposto in modo che solo lasciando cadere la mano potesse sparare.

Harding gemette per l'agonia e cadde a terra sul tavolo, spargendo le monete davanti a sé.

Il denaro cadde a terra con un forte tintinnio, e anche Harding, piegato di lato, cadde, contorcendosi in preda alla morte.

Nel bar è scoppiata una grande commozione. I clienti si precipitarono al tavolo dove si era svolta la scena drammatica, quando Gregory rimase freddo a guardare tutti con aria di sfida.

"Non allarmatevi, signori, che non sia successo nulla. Questo rospo si è permesso di farmi certe minacce e io l'ho invitato a sostenerli da uomini. Come puoi vedere, gli ho lasciato tirare fuori la rivoltella, ma doveva avere il piombo in mano e non l'ha mai usato. Ad ogni modo, l'intenzione di usarlo contro di me è sufficiente e loro ne sono stati testimoni. Mi dispiace, ma non sono un uomo che può essere minacciato impunemente.

Con tutta tranquillità, sicuro che nessuno avrebbe mosso un dito in difesa dei caduti, primo perché nulla li legava a lui e secondo perché era risaputo non ignorare quanto fosse pericoloso affrontarlo, uscì dal bar lasciando Harding morente.

Era arrivato il momento di addebitargli la fattura per l'attività che lo aveva calpestato e non si sarebbe più intralciato facendogli fallire una nuova attività.

Andò dritto al "Dollaro d'argento", dove alcuni dei suoi uomini dovevano averlo aspettato e, appena si avvicinò, disse:

"Ho appena girato Harding in 'The Wild Horse'.

"Un bel lavoro, capo", ha commentato uno butterato, soprannominato "El Pecas". Ero solo?...

"Sì" mi ha invitato a fare una partita e ho colto l'occasione per metterci piede. L'ho tradito un paio di volte e lui ha ricambiato restituendomeli. Abbiamo scambiato due parole e lui mi ha minacciato. Gli ho lasciato tirare fuori il revolver, ma nient'altro. Cadde con due once di piombo nella pancia. Non so se lo "sceriffo" oserà intervenire contro di me, o se qualcuno che ha assistito alla scena potrà dichiarare che Harding aveva estratto la rivoltella, ma nel caso nessuno lo faccia, dovete essere testimoni che mi ha provocato e ha estratto la pistola per sparare. Con quello ce ne sarà abbastanza.

"Beh capo, come se ne fossimo testimoni.

La previsione di Gregory era prudente, perché un'ora dopo lo "sceriffo", accompagnato da un commissario, si presentò al "The Silver Dollar" per cercare Gregory.

"Cosa volevi da me, sceriffo?" chiese pigramente.

"Vengo a cercarti. Lo accuso di aver ucciso Woodrow Harding, in "The Wild Horse".

"Beh, nessuno ti ha detto come è successo il set? Harding mi ha insultato e ha tirato fuori il revolver. Non avrei permesso che mi uccidesse freddamente. Sono stati più di venti i testimoni che hanno assistito alla scena e, tra questi, tutti quelli che sono qui. Non sono sufficienti?

"Tutti? Erano presenti?

"Ne dubiti, vero?" rispose il "Lentiggini". Ebbene, se vuoi, possiamo ricostruirti la scena e mi sembra che basti perché nessuno possa accusare Gregorio di aver preso il iniziativa.

Lo "sceriffo", teso, guardò tutti e rispose:

«Alibi molto prezioso, Gregory, ma le cose non andranno sempre così. Il giorno in cui fallisce, preparati perché il tuo collo potrebbe essere in pericolo.

CAPITOLO II

LA LOTTA PER L'ESISTENZA

McClellan era un allevatore la cui proprietà si trovava a Encinal, una cittadina nel sud del Texas, a circa quaranta miglia dal Rio Grande.

La guerra era stata un disastro per McClellan, prima era stato quasi completamente abbandonato perché le sue pedine, tutti giovani grintosi, erano entrati a far parte dell'Esercito del Nord, e poi, a guerra finita, aveva cercato disperatamente di ricostruire il suo ranch, subì vari attacchi da parte delle bande di fuorilegge che si aggiravano per la regione e perse molto bestiame per non avere abbastanza uomini per difendere i suoi interessi.

Alcune sue pedine morirono eroicamente combattendo in prima linea e altre non tornarono, forse perché i loro piani, a guerra finita, erano molto diversi da quelli che avevano accarezzato prima dell'inizio della guerra.

Quello che tornò da lui fu Saúl Perkins, che era stato di recente il suo caposquadra. Saúl aveva una grande stima per il suo datore di lavoro, perché si era comportato molto bene con lui e perché, per il suo carattere affettuoso e comprensivo, meritava di corrispondere a tali buone qualità.

A parte questo, Saúl aveva un ulteriore motivo per sentirsi attaccato al ranch di McClellan; il motivo era la figlia dell'allevatore, che aveva conosciuto e trattato quando era entrato nel ranch come apprendista quando stava per compiere quindici anni.

Dunque, Barbara McClellan era una piccola dodicenne, magra, nervosa, con i capelli biondi arruffati, il naso all'insù e un genio vivace e malizioso capace di far fuggire i tori con la sua malizia.

Senza sapere perché loro stessi, furono attratti nella loro tenera giovinezza e Barbara cercò più volte Saúl di diventare complice delle sue buffonate e più di una volta, Saúl si prese la colpa per impedire a Barbara di essere punita da suo padre.

Saúl è cresciuto, è passato da apprendista a operaio e, in seguito, quando la sua barba ha oscurato la sua carnagione e si è sentito un uomo nell'essenza e nel potere, ha realizzato due cose molto elementari: una, che, così come era cresciuto ed era cresciuto trasformatasi in uomo adulto, anche Barbara aveva cessato di essere una ragazza, per diventare una donnina molto attraente, viva di genio, maliziosa e maliziosa come nella pubertà, ma una donna che non poteva più essere trattata come una ragazza.

E Saúl si rese anche conto di essere rimasto colpito, nel tempo, molto profondamente dalla ragazza e che questa era una cosa molto seria che doveva meditare profondamente, perché nonostante l'attrazione e la simpatia che li aveva sempre uniti, la differenza di posizione sarebbe stata un ostacolo insormontabile a cui aspirare a trasformare in unione eterna quella che fino ad allora era stata pura e semplice amicizia.

E poiché l'età del gioco e della malizia era già stata lasciata a entrambi, le buone maniere richiedevano un trattamento diverso e una linea di condotta con lei in sintonia con la sua situazione personale e finanziaria.

Per Saúl era un tormento dover fermare i suoi impulsi e trattare la giovane donna con la parsimonia e il confezionamento che non l'avevano mai trattata e lei, forse istintivamente, rendendosi conto anche di molte cose, aveva fermato i suoi impulsi folli ed era attenta a trattarlo con un sentimento di amicizia molto marcato, ma mantenendo le distanze che la sua età richiedeva.

Era in un'età in cui ogni eccesso involontario poteva dar luogo a false interpretazioni o pettegolezzi lesivi del suo buon nome, e questo la poneva in una situazione sociale che doveva essere rispettata per decoro.

E così scoppiò la guerra, quando Saul aveva ventisei anni e Barbara stava per compierne ventitré.

Saúl era stato promosso caposquadra da meno di un anno. Colui che ha guidato la squadra per molti anni si era ritirato a vivere con una figlia sposata, poiché si sentiva già privo di facoltà per una missione così ardua e l'allevatore capiva che nessuno meglio di Saúl per guidare la sua squadra.

Era cresciuto nel ranch, aveva mostrato qualità adatte alla sua missione e sapeva che era onesto e leale come pochi altri.

Ma qualche tempo dopo lo scoppio del conflitto, quando il governo si rese conto che si trattava di una cosa di grande importanza, iniziò a mobilitare uomini per la lotta e un giorno Saúl fu chiamato, come molti altri suoi coetanei.

Il giovane ha dovuto rassegnarsi. Non aveva paura della guerra, ma era un enorme peccato per essersi separato da Barbara. Anche se non aveva alcuna speranza in lei ed era un conforto averla intorno, vederla ogni giorno e godere della sua contemplazione.

E siccome la ragazza non sembrava avere fretta di impegnarsi con nessun uomo e l'ombra di un rivale non lo disturbava, forse per questo provava più dolore a separarsi da lei.

Ma il dovere era dovere, e Saul non esitò ad obbedire alla chiamata e a presentarsi al luogo dove era stato nominato per unirsi ai ranghi.

McClellan lo mandò via con dolore, perché l'assenza del ragazzo era una perdita molto delicata per lui.

Anche Barbara fu colpita dalla sua partenza. Dopotutto, erano cresciuti insieme da quando aveva dodici anni e c'erano molti bei ricordi nella memoria della giovane donna di non essere presente in momenti così importanti.

Lo congedò con una forte stretta di mano, dicendo con voce molto imbarazzata:

"Addio, Saúl, spero che la fortuna ti sia favorevole e che, tra non molto, tornerai da noi. Sai quanto sei amato in questa fattoria e ci mancherai molto.

Stava per gridare che quello a cui sarebbe mancata molto era lui, ma si trattenne e, cercando di rendere la voce ferma, rispose:

"Grazie mille, capo; Grazie mille, signorina Barbara. Anche io ti ricorderò molto e spero che Dio mi dia la fortuna di tornare ancora in questo agriturismo che per me è stata la mia vera casa.

Saúl si unì a un reggimento di cavalleria, prendendo parte a molte azioni pericolose. Il suo coraggio, la sua determinazione e il suo spirito patriottico, gli valsero molte simpatie tra i suoi capi e per le azioni di guerra, si guadagnò prima le insegne di caporale e poi quelle di sergente.

E con loro in divisa, alla fine della guerra ricevette la patente e, indossandoli con orgoglio, si presentò al ranch di McClellan non appena ebbe la possibilità di tornare in Texas.

L'accoglienza che gli fu riservata fu molto affettuosa, ma ben presto si rese conto che la guerra aveva colpito anche l'allevatore, se non materialmente, ma morale ed economico. L'affare rotto, paralizzato, lo rovinava a metà e stava attraversando le pene del purgatorio per poter stare a galla con dignità.

Pochi peoni tornarono ai loro posti, ma siccome gli affari non bastavano a mantenere la stessa squadra, bastavano loro, anche se scarsi.

Molto bestiame era andato perso a causa della mancanza di cure e della mancanza di uomini che lo custodissero. C'erano bovini sparsi in tutto il territorio, ma allo stato brado a causa della libertà totale di cui avevano goduto per molti mesi.

Saúl ha lavorato duramente per riorganizzare un po' la hacienda e aumentare le mandrie, ma quando ci sono riusciti, le numerose bande di indesiderabili che hanno devastato la regione hanno sferrato diversi colpi contro i pascoli, sequestrando il bestiame per passarlo in Messico e venderlo a qualsiasi prezzo . , poiché tutti erano guadagni per i ladri di bestiame.

La mancanza di personale ha impedito loro di resistere ai saccheggiatori e prevenire le rapine. In uno di quegli attacchi, hanno perso un pedone e Saul è stato colpito al braccio che lo ha lasciato inattivo per tre settimane. Sembrava una nave piena di buchi, che minacciava di affondare l'acqua.

Ma la tenacia che li ha incoraggiati è stata straordinaria e sono tornati alla carica, lavorando intensamente per rifare ciò che era perduto.

Il tempo passava, la normalità sembrava prendere il sopravvento a poco a poco e, sebbene vi fossero ancora bande sparse sul territorio, alcune erano state annientate ed altre si stavano disintegrando, diffondendo i loro elementi in altri settori.

Ma quando sembrava che la ripresa si stesse per consolidare, è sorto un altro problema. I commerci di bestiame erano quasi morti, ora sembrava che ci fosse un bel po' di bestiame. ma mancavano gli acquirenti. I soldi scarseggiavano, i mercati erano diventati disorganizzati e, se qualcuno decideva di comprare, pretendevano che gli venissero consegnati i corni dove indicavano i luoghi più sicuri.

E questo era molto pericoloso per gli allevatori, perché condurre il bestiame in zone deserte equivaleva a dare ai ladri la possibilità di tagliare le loro strade e appropriarsi dei fardelli con maggiore impunità.

Fu allora di fronte a questo stato di cose, l'audacia e l'aggressività di Jesse Chisholm, organizzò la guida ad Abilene, dove tutto il bestiame che vi arrivava veniva acquistato ad un prezzo, se non magnifico, sì remunerativo, perché da lì, il i corni furono spinti a Dodge City, Wichita e più tardi ad est, per rifornire le grandi città che non avevano carne.

Ben presto la notizia del successo si diffuse e l'anno successivo, all'inizio della primavera, alcuni allevatori disperati della parte meridionale, radunarono più bestiame possibile e con esso si misero in viaggio. Stavano per giocare una carta che, se fosse andata bene, li avrebbe aiutati molto a salvare la situazione precaria.

Alcuni furono fortunati, altri no, ma nel complesso il quadro si era chiarito. Con organizzazione e forza, gli allevatori avevano uno splendido mercato dove poter vendere il loro bestiame, mentre la normalità si diffondeva in tutto il territorio.

Quando McClellan ha sentito parlare di tutto questo, ha cercato di ottenere quanti più dettagli possibile. Anche lui giocò con l'idea di tentare la fortuna gettando il suo bestiame sulla strada.

Se potesse fare due giri tra la primavera e l'estate, considererebbe salvata la situazione e questo gli permetterebbe di aspettare l'anno successivo per organizzare dei giri più grandi.

"Un giorno McClellan ha avuto l'opportunità di parlare con un allevatore del bacino che era appena tornato da San Antonio.

L'allevatore gli ha fornito dettagli molto interessanti del suo viaggio.

"Io" gli ho detto "sono andato a San Antonio con mille corna e mezzo. Ero determinato a seguire quella strada infernale che so essere estremamente pericolosa sotto molti aspetti, ma prima di andare disperatamente nella prateria, ho imparato qualcosa che Pensavo fosse più interessante e sicuro e ho rinunciato alla via.

"A San Antonio, mi hanno detto che c'erano alcuni rivenditori che compravano piccoli pacchi e poi organizzavano da soli viaggi su larga scala. Ci sono elementi disposti ad affrontare i pericoli della guida e la schiavitù non è un problema per loro.

"Certo, li pagano relativamente poco. Dicono che ad Abilene si scambi tra i diciotto ei venti dollari a testa; ma devi portarli lì. I trafficanti pagano a San Antonio da otto a dieci dollari e il rischio di arrivare ad Abilene con loro è il guadagno tra quello che pagano e quello che poi fanno pagare per ogni carne bovina.

"E la verità è che, anche se mal pagato, mi ha risolto il problema. Mi hanno pagato nove dollari e ho evitato i tre mesi di percorso e tutti i pericoli che contiene, perché bisogna contare sugli indiani, con la mancanza di acqua, il caldo, i temporali che sono terribili lì e le mafie di ladroni che vanno al passo delle deboli folle, sicuri di poter battere la scarsa servitù che li guida. E sono stati circa tredicimila dollari, il che è stato molto utile per me per salvare la situazione. Ho intenzione di raccoglierne altri mille e tornare a San Antonio prima che la stagione del percorso finisca, perché non appena appare l'inverno, non può essere attraversato con il bestiame "

McClellan prese nota di tutto ciò che il suo compagno gli aveva detto e, senza perdere tempo, chiamò Saúl e gli raccontò la sua conversazione con l'allevatore.

Saulo ha chiesto:

"Cosa vuoi dire con questo?

"Che per me sarebbe una soluzione potermi presentare a San Antonio con mille capi di bestiame come prova e venderli come ha fatto il nostro vicino. Se mi pagassero come lui e anche a un dollaro in meno, li venderei, perché otto o novemila dollari in mano risolverebbero molti dei miei problemi che al momento non hanno soluzione.

"E volevo conoscere la tua opinione prima di intraprendere l'avventura."

Saul ci pensò un attimo e poi rispose:

"Se ritieni che questo importo sia assolutamente esatto e salvi la tua situazione, mi sembra logico che tu veda in esso la soluzione al problema, anche se sai che perdi denaro con quella vendita.

"Lo so, ma è meglio perdere un po' che affondare. Se le cose andranno meglio continueremo a rialzare la testa fino a quando non torneremo alla normalità e con quei soldi potrò prendere una bella boccata d'aria.

"Va bene, ma hai pensato a qualcosa di molto interessante che potrebbe complicare tutto?

"In cosa?

"In questo non hai trovato un acquirente per loro una volta a San Antonio. Cosa avrebbe fatto allora, riportandoli indietro, rendendo le cose più complicate o andando alla cieca, qualunque cosa accada?

L'allevatore si irrigidì all'avvertimento del suo caposquadra. Era qualcosa a cui non aveva pensato. Alla fine ha risposto:

"Non credo di essere così sfortunato. Il mio vicino mi ha detto che ci sono diversi trafficanti che comprano il bestiame e alcuni li terrebbero, anche se dovessero perdere di più nella vendita.

"Confidiamo che sia così, ma insisto che tu debba pensare a tutto. Cosa faresti se non li vendessi lì?

"La verità è che non lo so.

"Beh, dovresti pensarci prima di prendere una singola corna dal pascolo.

«Per buona legge non puoi imbarcarti in quell'avventura, che ti terrebbe lontano dal ranch per almeno quattro mesi. Non può lasciare la figlia sola correndo il rischio di essere aggredita da qualche potente banda e di perdere il suo bestiame e, chissà se la sua vita, in compagnia.

"Non temo le vicissitudini del percorso, purché siano quelle naturali che un uomo può sconfiggere, ma non mi carico la responsabilità di lanciarmi con mille corna e solo quattro uomini che potrei portare, perché se ci attaccassero, no sono forze per opporsi a loro ad una banda potente e tutto sarebbe perduto e io e te, penso che sarebbe troppo da esporre per le possibilità che ho indicato.

"Questo è il problema che devi studiare. Quando lo studierà e si deciderà, ne parleremo. "

McClellan lo studiò e cercò la formula intermedia.

«Ho già deciso, Saul. Porteremo il bestiame a San Antonio e cercheremo di venderlo. Se non ci riusciamo, torneremo da loro e lasceremo che sia ciò che Dio vuole.

"È una tua ferma decisione?

«Non ne ho altri, Saúl. Se non provo a nuotare e non sollevo la testa fuori dall'acqua, annego. Quindi, se devo annegare, non è per mancanza di tentativi di risalire a galla.

Stai andando da solo?

"No. Voglio che tu venga con me, nel caso avessi bisogno di te.

"E chi si prenderà cura di questo e di sua figlia?

"Ci ho pensato. O'Hara, che è stato il mio caposquadra fino alla pensione, vive nelle vicinanze, non fa nulla, e sono sicuro che accetterebbe di stare qui a badare a questo, senza dover lavorare con il bestiame. Noi lasceremo cinque pedoni e ne prenderemo quattro.

"Hai già parlato con O'Hara?

"No, prima volevo consultarmi con te.

"Da parte mia sono determinato a fare ciò che ordini. Parla con lui e, se accetta, sceglieremo i migliori bovini per vedere se arrivano belli e ci pagheranno dieci dollari. Durante il viaggio, cercheremo di sfruttarlo al meglio.

"D'accordo. Parlerò con O'Hara oggi.

L'ex caposquadra ha ascoltato le ragioni di McClellan e si è offerto di trasferirsi al ranch e di essere affidato alle cure di Barbara e dei meccanici della fattoria. Era un uomo energico, aveva autorità ed era ben noto per la sua pratica in questo lavoro.

Quando Barbara seppe della decisione del padre, non sembrò molto felice.

"Non mi piace quel viaggio, papà" disse. Penso che San Antonio sia diventato pericoloso e che potrebbe accaderti qualcosa di grave.

"Cercherò di non entrare in posti pericolosi, figlia mia. Inoltre, Saúl viene con me e prenderò quattro operai per badare al bestiame. Tieni presente che la situazione economica che stiamo attraversando è molto critica e che ho bisogno di quei soldi perché i pascoli hanno bisogno di acqua a maggio.

"Me ne rendo conto, papà, ma la tua vita vale più di tutti i soldi del mondo. Pensa che ho solo te...

«Penso a questo ea molte cose, Barbara, e prometto di essere prudente come consigliano le circostanze. Poiché il bestiame rimane fuori città, è solo questione di orientarsi finché non troviamo un acquirente. Una volta che l'affare è raggiunto e chiuso, prendo i soldi, gli do il bestiame e torniamo indietro.

«Mentre saremo via, O'Hara resterà qui. Sai che è un uomo retto, coraggioso e leale, e non ti mancherà la dovuta protezione. "

Barbara non osò insistere, ma in seguito cercò Saul e gli si avvicinò:

"Mio padre ha realizzato ciò che progetta.

"E quello?

"Ho cercato di convincerlo a non partire da qui, ma mi ha dato ragioni a cui non ho potuto opporre.

"Nemmeno io; per questo non ho insistito.

"Tuttavia, ho paura. Sarà sciocco, ma c'è qualcosa che mi travolge, perché... non lo so..., sembra che intuisca che gli può succedere qualcosa.

"Confido che non accada, perché non andrò al suo fianco come ornamento.

«Lo so, Saúl, e questo mi tranquillizza un po'. So che sei un uomo leale come pochi e che ami mio padre come se fosse tuo.

"Grazie per la buona idea che ha sempre avuto di me, signorina Barbara. Ti assicuro che per lui e per te, andrei fin dove può arrivare un uomo di cuore. È tutto quello che posso dirti.

"Lo so e lo apprezzo. Abbi cura di lui, Saul. Sai che ho solo mio padre al mondo e che, se gli succedesse qualcosa, cosa ne sarebbe di me?

"Speriamo che non ti succeda nulla, ma sai che, in ogni caso, io..., io..., rischierei la mia vita per te se necessario. Perché dire di più?

Lei non rispose e abbassò la testa. Saul aveva messo così tanto calore nell'offerta che sembrava indovinare quale sentimento l'avesse ispirata.

Saúl, dal canto suo, si accorse di essere stato troppo espressivo e, per salvare l'imbarazzante situazione, si voltò e si recò al pascolo dove doveva occuparsi personalmente della scelta del bestiame.

Senza sapere perché, un fuoco nascosto gli bruciò il petto. Si sentiva nervoso, irrequieto, preso da un'eccitazione febbrile, e si chiese se non avesse detto qualcosa di sconveniente nel suo entusiasmo nel rispondere alla giovane donna.

Ma era stato qualcosa di così spontaneo che nemmeno lui si era reso conto del fuoco messo nelle sue parole.

CAPITOLO III

NEGLI ARTIGLI DEL POLPO

Il bestiame è stato accuratamente controllato. Saúl ha cercato di scegliere i bovini più lucidi nella speranza che se non avessero perso peso durante il viaggio, avrebbero potuto recuperare fino a dieci dollari a testa.

Scelse solo tre pedoni. Contando sull'aiuto dell'allevatore e dei suoi, riteneva che fossero sufficienti per arrivare a San Antonio ed evitassero una spesa maggiore.

O'Hara venne al ranch per fornire McClellan alle cure del ranch e, con la garanzia dell'ex caposquadra del ranch, se ne andarono più rilassati.

La guida è filata liscia e una sera di fine maggio hanno raggiunto la sponda del fiume, dominando la tumultuosa città.

L'immenso prato mostrava le tracce dell'insolito movimento del bestiame. L'erba era scalciata e appiattita da tanto zoccolo quanto vi era passato sopra e, opportunamente distanziate per evitare che il bestiame si mescolasse, c'erano alcune mandrie in attesa di iniziare il percorso verso nord.

L'allevatore e Saúl cercarono un luogo adatto per conservare il fagotto. Trovarono una conca regolare con alcuni alti pendii ai lati, che sarebbe servita molto bene da barriera al bestiame, facilitando il compito dei tre peoni che sarebbero rimasti a guardarla.

"Cosa facciamo?" chiese Saul "Andiamo al villaggio o lo lasciamo per domani mattina?

"Penso che dovremmo fargli visita in questo momento. Sapete già che in questi luoghi l'attività della gente si svolge di notte e, di giorno, è difficile trovare qualcuno che possa essere interessato a questo argomento.

"Beh, se vuoi, andiamo.

Impartirono severe istruzioni ai peoni di custodire gelosamente il fagotto e da esso si separarono per dirigersi verso il nucleo del villaggio che si trovava a quasi un miglio di distanza. Il pomeriggio cominciava a calare e, da lontano, si vedevano già alcune luci accese.

Erano a pochi metri dalla mandria, un tipo dall'aspetto cowboy, apparentemente annoiato a camminare, si avvicinò a McClellan, chiedendo:

"Hai bisogno di una pedina per il percorso?

"No, grazie mille", rispose l'allevatore.

"Hai troppo poche persone per entrare in un posto troppo pericoloso" osservò il pedone.

"Lo so, ma non ho intenzione di seguire la rotta. Vengo a vendere il bestiame qui.

"Questa è un'altra cosa. Porti del bestiame molto lucido.

"Grazie.

"Dovrai stare attento con i trafficanti. Approfittano della necessità di vendere e offrono una miseria. A parte un paio di loro, che sono più perbene e premurosi, gli altri sono avvoltoi da macellaio.

L'allevatore sembrava interessato al discorso del peone, perché chiese più gentilmente:

«Conosci bene questa faccenda, vero?

"Beh... normale. Sono venuto ad aspettare il branco di un allevatore che si era impegnato con me a portarmi nella sua squadra, ma non so cosa sia successo che non sia arrivato e lo aspetto da due settimane. Poiché sono stanco di aspettare e i miei soldi stanno finendo, sto cercando attrezzature. E naturalmente, in due settimane di non fare nulla e perdere tempo nelle taverne e nelle bische, si sente molto e si vede molto. Per questo gli ho detto che, tranne un paio di trafficanti, gli altri, per quanto ne so, sono solo avvoltoi.

"Allora, saresti così gentile da indirizzarmi verso uno di quei due con cui posso trattare? Non posso ammetterti come lavoratore perché non ho intenzione di andare ad Abilene e anche perché non c'è posto libero nel mio ranch, ma se riesco a ottenere una paga decente per il mio bestiame, ti prometto di darti un bonus per compensare il tempo hai speso qui senza guadagnare un centesimo.

"Grazie, sei molto gentile.

"Se il tuo intervento è vantaggioso per me, è giusto che ti ricompensi in qualche modo.

"E lo accetterò perché la verità è che sono a corto di soldi.

"Posso indicarne uno. È il più popolare e quello che di solito fa più affari di questi. Ha un sistema di spedizione in atto per Abilene, e quando raccoglie cinque o seimila capi, li porta lì e si prepara a radunare una nuova mandria. Appena il tempo lo permetterà, manderà bovini e bovini ad Abilene.

"Sai quanto li paghi di solito?

«Sì, tra otto e nove dollari. Solo quando ti viene offerto qualcosa di eccezionale paghi dieci dollari.

"Hai visto il bestiame che porto?

"Certo che l'ho visto e raramente il bestiame arriva così ben nutrito.

"Allora, pensi che posso chiedere dieci dollari?

"Il mio consiglio è di non dare loro meno di quel prezzo. Ti offriranno di meno; Ti faranno persino credere che se non accetti, non sono interessati; Ma se tieni duro, non ti permetteranno di offrirli ad altri.

"Beh, grazie mille per i tuoi rapporti. Dove posso trovare quell'uomo?

"Ti porterò dove di solito si ferma. Non so se sarà ancora lì, ma se non l'ha fatto, non ci vorrà molto. Lascia che ti parli... Lo dico, perché di recente ti ho fornito un piccolo fagotto simile al tuo e tu mi hai dato venti dollari per averti messo in contatto con il venditore. Non è stato molto, ma è stato utile.

"Bene, vattene e ci mostrerai il posto.

I tre arrivarono in città ed entrarono nella sua via principale, che era affollata di pubblico.

La gente del posto aveva già acceso le luci e ha ulteriormente ravvivato il trambusto dell'ampia strada. Quasi tutti i passanti sembravano persone imparentate con il bestiame e non c'era da meravigliarsi, perché a quel tempo il bestiame era tutto in città.

Il pedone li condusse al "Dollaro d'argento", che a quel tempo era di buon umore.

Il pedone ha avvertito prima di entrare:

"Il posto è un bar con una bisca sul retro, ma la gente qui non si trova a suo agio in altri tipi di posti. Devono bere e giocare per essere felici, soprattutto se si tiene conto che molti sono con un piede sulla staffa per iniziare la via e che li aspettano almeno tre mesi di privazioni e di duro lavoro.

Il pedone si guardò intorno e poi disse:

"Non è ancora arrivato, ma non credo che sarà tardi. Siediti un po' e bevi qualcosa, e intanto, se mi permetti, dirò a un amico che mi aspetta a "El Caballo Salvaje" che ci vediamo più tardi. Gli affari vengono prima di tutto.

Li lasciò soli e lasciò i locali. L'allevatore ha commentato:

"Ci ha fornito report molto preziosi che ci impediranno di essere disorientati e di perdere tempo. Se, come dice lui, è uno dei trafficanti più onesti e stasera sistemiamo la faccenda... Domani possiamo tornare al ranch.

E dopo aver ordinato un "whisky" si prepararono ad aspettare il ritorno dell'operaio e l'arrivo del commerciante.

Il pedone, come aveva indicato, è andato a "The Wild Horse", dove è entrato molto felice e con il sorriso sulle labbra.

Nel posto c'era Gregory Scott, seduto a un tavolo, insieme a "El Pecas" e un altro. Gregory vide entrare il peone e lo fissò.

Poi, quando si avvicinò al tavolo, chiese:

"Molto felice che tu venga, Roger... Che c'è?

"Che penso di portargli una buona preda.

"Sì?

"Sì. Si tratta di un allevatore che porta un migliaio del miglior bestiame che abbia mai visto. Mi sono offerto a lui come bracciante, come al solito, e lui mi ha detto che non aveva intenzione di andare ad Abilene, ma di vendere il bestiame qui. Mi sono guadagnato la loro fiducia e ho detto loro che vi presenterò un acquirente in garanzia. Immagino sia un buon affare.

Gregorio sorrise. Affari di questo tipo gli avevano portato buoni profitti in base a un certo trucco che aveva provato molto bene, anche se un po' smascherato.

"Dov'è il ragazzo?

"L'ho lasciato con il suo caposquadra in" The Silver Dollar. "Ti avevo detto che saresti arrivato presto e che, nel frattempo, dovevo vedere un amico qui che mi stava aspettando.

"Bene. Torna lì e tra poco vado io. Quando entro, ti avvicini a me per parlare della faccenda e presentarmi. Intanto "El Pecas" preparerà la faccenda come altre volte.

Roger lasciò la bisca e tornò al "Dollaro d'argento".

"Sono tornato" disse. Il mio amico è andato alla sala da gioco e mi ha detto che lo incontrerò lì. Immagino che se non vado, dovranno cacciarlo fuori all'orario di chiusura.

Un quarto d'ora dopo, vide entrare "El Pecas" con altri due. Il trio si avvicinò a un tavolo dove sedevano altri tre e disegnò sgabelli attorno al tavolo. Poi, "El Pecas" ha parlato a bassa voce con tutti.

E un quarto d'ora dopo, Gregory, che era completamente solo, fece la sua comparsa.

Il suo aspetto da uomo distinto, il suo abbigliamento costoso e ben tenuto e la sua figura attraente sembravano affermare che fosse un uomo fuori dal comune. Per chi non lo conosceva, per chi non sapeva nulla della sua storia nera, poteva passare per un facoltoso trafficante, tutt'altro che in difficoltà nelle viscere più basse della città.

Andò al bancone e ordinò un "whisky". I commessi lo salutarono con servilismo.

Roger, che era seduto accanto all'allevatore, ha dichiarato:

"Cioè. Si chiama Gregory Scott. A giudicare dagli affari che ho sentito che gestisci, devi guadagnare soldi a manciata.

Si alzò, aggiungendo.

"Gli parlerò. Immagino che non ci sarà nessun problema per me a parlare con te.

Andò al bancone, salutandolo ad alta voce. Poi, a voce più bassa, gli parlò e indicò il tavolo dove erano seduti McClellan e Saul.

Poco dopo, entrambi si avvicinarono al tavolo.

“Signori” disse Roger “vi presento il signor Scott, di cui vi ho parlato al fiume. Dice che sebbene abbia comprato molto bestiame ultimamente, se ne vale la pena, può discutere della vendita.

McClellan, dopo aver stretto la mano a Gregory, ha risposto:

“Il bestiame può vederti quando vuole, ma tu li hai visti e hai affermato che sono i migliori che hai visto arrivare a San Antonio.

E lo confermo. Penso di capire un bel po' di bestiame.

Gregory si sedette accanto all'allevatore, dicendo:

“Se lo dice Roger, dovrò credergli, perché mi ha già portato due fagotti e ho potuto vedere che ne capisce molto di corna.

Accese una sigaretta e poi chiese:

"Quanti capi di bestiame portano?

"Un migliaio.

“Avete idea del prezzo che intendete chiedere per loro? Voglio avvertirti che non è qui che possono essere pagati a buon mercato, ma ad Abilene. Se li compro, ho una grossa spesa per la guida e, inoltre, il rischio che vengano rubati o che si verifichi una fuga precipitosa. Il mio profitto è quello, ma correndo una scommessa che non è piccola.

“Ho già orientato qualcosa a riguardo e non vengo con la pretesa di fare affari tondi, ma non li ho nemmeno portati a regalarli. Ho scelto il meglio del mio pascolo per trarne il massimo, poiché ho bisogno di soldi e non sono in grado di lanciarmi al pascolo con il maggior numero di capi di bestiame.

"Beh, dimmi una cifra.

"Dieci dollari a testa e non un centesimo di meno da lì. Non voglio perdere tempo a mercanteggiare.

"A dieci dollari, qui è stato pagato pochissimo bestiame.

"Ma alcuni sono stati pagati e il mio può essere messo dove sono i migliori.

"Penso che nove dollari siano una cifra accettabile.

"Non per il bestiame che porto.

"In tal caso, non credo che ci capiremo. Pensaci e...

"Sta pensando. Se non sei interessato a quel prezzo, troverò qualcuno che è interessato e se no tornerò con loro al mio ranch.

"Diavolo! Hai la parola di un re?

"In questo caso sì. So quanto vale il mio bestiame e so che se riesci a tenerlo così com'è, quando arriverai ad Abilene ti pagheranno meglio di chiunque altro.

Gregory sembrò riflettere e alla fine disse:

"Beh, per impegnarmi, devo vederlo di persona. Se vuoi, andiamo dove hai il pacco, lo esamino e se è davvero come dice, accetto il prezzo. Allora possiamo tornare indietro, facciamo la transazione e, una volta che gli avrò dato i soldi, manderò degli uomini a occuparsene. Domani parte una mia spedizione per Abilene e io mi unisco a loro nella spedizione.

"D'accordo. La notte è buona, c'è la luna e non sarà difficile esaminare il bestiame.

Gregorio si alzò.

"Vieni" disse. Se vuoi, Roger, vieni con noi.

"Beh, io ti accompagno.

I quattro lasciarono il comune per andare vicino al fiume, dove McClellan aveva lasciato il suo bestiame. La notte era magnifica, limpida, con la luna piena che splendeva in tutto il suo splendore e questo avrebbe facilitato l'esame.

Saul non aveva aperto le labbra durante la conversazione. Apparentemente, aveva trovato tutto normale e non aveva nulla da obiettare.

Quando si avvicinarono al fiume, l'allevatore indicò:

"Lì in quella cavità c'è il fagotto.

Andarono nel luogo indicato e Gregorio passò un po' a guardare le corna, facendo il giro del burrone per assicurarsi che tutti i tori fossero ugualmente lucidi.

"Vedo che non hai esagerato, ma dovevo assicurarmi. Tutti quelli che vengono pretendono di portare il bestiame migliore e, come regola generale, sono tutti di peso volgare. Queste sono l'eccezione e accetto il prezzo.

"Quindi, se vuoi, vieni con me. Redigiamo il documento di vendita, io ti pago e stasera mi consegni il pacco. Li condurranno a un recinto vuoto che ho a un miglio e mezzo da qui e domani mattina partiranno per Abilene. Chi è il tuo caposquadra?

"Questo che mi accompagna.

"Bene, preparati per quando tornerai e le mie pedine arriveranno, consegnerò le corna. Li accompagnerà al recinto, dove saranno contati al loro ingresso. La porta è pronta in modo che possano entrare solo uno per uno e contarsi senza errori. Il tuo caposquadra e il mio manager terranno d'occhio.

«Va bene, signor Scott.

L'allevatore, molto contento di quanto fosse stato facile risolvere il problema, si rivolse a Saúl, dicendo:

"Resta qui e tutti sono pronti a spostare il bestiame. Torno tra un'ora.

Saul non ha detto niente. Era rimasto un po' stordito dal dinamismo che aveva circondato l'attività e non per un attimo ebbe paura di qualcosa di straordinario. Forse la sua sicurezza era nata dal portamento e dall'imballaggio di Gregory, che deviavano dall'ordinario.

CAPITOLO IV

UN TRUCCO DRAMMATICO

Di nuovo i tre tornarono al "The Silver Dollar" e Gregory andò a un tavolo in fondo, dove un cliente solitario stava sorseggiando un bicchiere di brandy.

Il suo aspetto non era molto rassicurante e Gregory, preso un dollaro dalla tasca, lo gettò sul tavolo, dicendo:

«Ecco, Jim, vai al bancone a bere e lasciami quel tavolo.

Il cliente grugnì qualcosa di non facile da afferrare, prese il dollaro e il bicchiere e andò al bar, mentre Gregory invitava l'allevatore a sedersi.

"È un povero diavolo", ha detto, che si alza presto, prende possesso di un tavolo chiedendo un bicchiere di brandy e non si muove da lì finché qualcuno non gli compra il tavolo dandogli un dollaro. È un trucco come un altro.

Chiese a un cameriere un foglio di carta e il necessario per scrivere e, offrendo la penna all'allevatore, disse:

"Si prega di estendere la ricevuta di vendita. Mi piace fare le cose con tutta la legalità.

"Metti il tuo nome, il luogo di provenienza, il numero di capi di bestiame e il prezzo di ciascuno. Metti la ricevuta ed ecco i soldi. "

Infilò una mano nella tasca interna della giacca e tirò fuori un portafoglio gonfio, che aprì. McClellan notò a colpo d'occhio che era pieno di conti.

Mostrò la ricevuta e, prima di firmarla, la diede a Gregory da leggere.

Il giocatore lo esaminò attentamente e, restituendolo, disse:

"È in regola, puoi firmarlo.

Contava banconote da cento dollari per riscuotere l'importo totale della vendita.

McClellan, un po' eccitato, firmò e aspettò che Gregory contasse tutti i soldi. Intanto, dietro di lui, si alzavano di tono le voci di un gruppo di clienti.

A quanto pare, tra loro era nata una discussione per un'opera teatrale, che rischiava di finire in una rissa.

Ma l'allevatore, attento ai suoi affari, se ne accorse appena, sebbene udisse le voci acide e minacciose dei contendenti.

Gregory spinse via le pile di banconote, dicendo:

"Contali; non mi dispiace che lo faccia.

McClellan voltava le spalle ai clienti, il suo corpo cercava di nascondere la quantità di denaro che Gregory gli aveva messo davanti.

Cominciò subito a contare. Il fatto che le banconote fossero da cento dollari semplificava il conteggio e l'ingombro non era eccessivo.

Roger si era seduto a un lato del tavolo, un po' in disparte e rivolto verso la porta. Sembrava seguire con grande interesse la violenta discussione scoppiata alle spalle dell'allevatore.

Approvò il denaro, lo infilò nella tasca interna della giacca e spinse la ricevuta, dicendo:

"Ecco la ricevuta. Ti auguro buona fortuna e spero che questo non sia l'ultimo affare che facciamo.

"Il tempo lo dirà. Ora scusa se ti lascio, ma ho una cosa urgente da fare. Lì ti lascio con Roger, che vedrò più tardi e lo ringrazierò per la sua mediazione.

"Ho anche promesso di gratificarti e lo farò.

Gregory uscì dal bar e McClellan, pronto ad andarsene, prese dalla tasca dei pantaloni due biglietti da venti dollari, che conservò, e offrendoli a Roger, disse:

"Prendi. Poiché presumo che il signor Scott ti darà un importo simile, sarai soddisfatto di me che non hai perso la giornata.

"No, certo che no, e lo apprezzo davvero. Buon viaggio e a presto qui.

"Grazie. Forse tornerò prima che l'estate sia finita.

Mi sono alzato. Roger non aveva intenzione di imitarlo.

"Resta? Chiese l'allevatore.

"Sì; è ancora presto per andare in cerca del mio amico.

L'allevatore si voltò verso la porta per iniziare l'uscita. Non vedeva l'ora di raggiungere il suo gregge, di unirsi a Saul e mostrargli i soldi. Se, come aveva detto Gregory, si sarebbe preso cura del bestiame quella stessa notte, avrebbero potuto tornare al ranch non appena avessero fatto colazione.

Aveva appena attraversato davanti al tavolo dove il gruppo di giocatori stava ancora litigando e minacciando, quando uno di loro diede uno schiaffo sonoro all'altro.

La reazione del gruppo è stata rapida. I cinque, in piedi, si attaccarono furiosamente con i pugni; ma uno di loro, armandosi di uno sgabello, lo lanciò con rabbia a colui che lo aveva schiaffeggiato.

L'aggressore si è abbassato, evitando l'impatto, ma lo sgabello lanciato con forza, passando sopra il soggetto a cui sembrava destinato, è andato oltre e ha colpito McClellan sulla testa, quando ha cercato di correre per non essere coinvolto nella rissa.

L'allevatore ha emesso un guaio! agonizzante e cadde a terra con il sangue che sgorgava da una ferita regolare che aveva ricevuto sul retro del cranio.

La ferita e la durezza del colpo lo sconvolsero e cadde a terra privo di sensi.

La lotta si è interrotta improvvisamente e molti dei combattenti si sono precipitati in aiuto del caduto, cercando di farlo reagire, ma senza fortuna.

"Hai fatto del bene", ha commentato uno. L'hai quasi ucciso.

"Sei quello che avrei dovuto uccidere. Mi hai schiaffeggiato e se pensi che lo accetterò con calma, ti sbagli. Se sei un uomo, esci in strada con me per ripetere l'impresa.

"In questo momento, spaccone. Nessuno mi sfida. Andiamo.

Lasciarono l'allevatore a terra inzuppato di sangue ea frotte uscirono fuori. Il gestore del bancone e alcuni clienti sono accorsi in aiuto del ferito.

"Dovremo portarlo da un medico per curarlo, altrimenti sanguinerà.

"E se lo 'sceriffo' viene avvisato? Deve fare il suo giro per la strada.

Poiché nessuno sembrava disposto a trasportare il ferito, il gestore del bar ordinò a uno degli impiegati di cercare lo "sceriffo e di riferirgli l'incidente". Un quarto d'ora dopo lo trovò in una delle osterie e lo invitò a tornare con lui al locale. Lo "sceriffo", che sembrava un uomo energico, guardò l'allevatore che giaceva a terra con un fazzoletto imbevuto di alcol che qualcuno aveva applicato sulla ferita e chiese:

"Cosa è successo?

"Un incidente. Alcuni hanno discusso su una mossa dubbia e si sono attaccati a vicenda. Uno ha lanciato uno sgabello contro un altro, ma quando lo ha mancato, ha colpito la testa di quest'uomo e lo ha ferito.

Chi erano i combattenti?

"Beh... amici di Gregory Scott.

"Hmm! Non so come faccio, che trovo sempre Gregory e i suoi avvoltoi mescolati in qualche guaio. Gregory non c'era?

"È appena uscito. Aveva chiacchierato per un po' con il ferito e Roger e poi si erano salutati.

Roger rimase impassibile al suo posto.

Lo "sceriffo" si rivolse a lui, chiedendo:

«Cosa ha fatto quest'uomo con Gregory?

"Si stavano scambiando impressioni su un pacchetto che quel rancher voleva vendere. A quanto pare hanno raggiunto un accordo per la vendita e Gregorio è partito, rimanendo a vederlo dove ha il bestiame. non ne so più.

«Okay, vediamo, due di voi mi aiutano a portare quest'uomo dal dottore più vicino. Dove sono i combattenti?

"Sono partiti di qui sfidati e non ne sappiamo di più.

McClellan è stato curato da un medico vicino, che ha subito un trauma cranico abbastanza profondo e una commozione cerebrale.

Il medico consigliò che, una volta guarito, sarebbe stato portato in ospedale, dove avrebbe dovuto restare qualche giorno, se la ferita non si fosse complicata.

Lo "sceriffo" tornò nei suoi uffici e incaricò uno dei suoi commissari di occuparsi della gestione del trasferimento.

Prima, per scoprire chi fosse il ferito, ha perquisito i suoi vestiti. Trovò alcuni documenti che provavano la sua personalità e la sua origine. Ha anche trovato sessanta dollari nella tasca dei pantaloni, ma niente di più.

Lo "sceriffo" chiamò un altro dei suoi commissari, poiché ne aveva due al suo comando e disse:

"Da quello che posso dire, quest'uomo stava cercando di vendere un pacco che ha portato da Encinal. Apparentemente non dovrebbe essere molto grande, quindi cerca un piccolo fagotto in periferia e scopri quale appartiene a quest'uomo. Qualcuno deve essere venuto con lui alla guida del fagotto e le sue pedine devono essere informate. Con quello che scopri, vieni a trovarmi più tardi.

Il commissario, obbedendo all'ordine, lasciò il paese seguendo il corso del fiume.

Saúl aspettava nervosamente il ritorno del suo datore di lavoro. Non aveva motivo di essere a disagio, ma non gli piaceva essere separato dal suo datore di lavoro, perché in quel posto pericoloso, nel cuore della notte e con diecimila dollari in tasca, era molto esposto a camminare da solo.

Il tempo passò e McClellan non apparve. Questo stava solo innervosendo il fedele caposquadra.

E stava per lasciare il fagotto e tornare in città alla ricerca dell'allevatore, quando uno dei commissari dello sceriffo gli si avvicinò.

Il commissario, dopo aver augurato la buona notte, ha chiesto:

"Chi possiede questo gruppo?

McClellan Nilson di Encinal.

Sei una pedina della sua squadra?

«Sono il tuo caposquadra e mi chiamo Saúl Perkins.

"Sapete dov'è andato il vostro datore di lavoro?

«Sì, commissario. La sera abbiamo avuto un accordo con un commerciante di bestiame, che ci è stato detto si chiama Gregory Scott, e il mio datore di lavoro ha fatto un accordo con lui per vendergli il pacco. Erano qui a guardare le corna e hanno marciato per finalizzare la vendita. Sto aspettando il ritorno del mio datore di lavoro, che è piuttosto in ritardo.

"E sarà ritardato ancora di più. caposquadra. Il suo datore di lavoro è attualmente nell'ospedale di San Antonio.

Saul si irrigidì come un palo.

"Che ne dici? È che... l'hanno derubato e?...

"Quanto all'attracco, no, ma quando, a quanto pare, è partito" The Silver Dollar ", alcuni ragazzi con una condizione piuttosto dubbia hanno causato una rissa e quando si sono lanciati un marciapiede l'un l'altro, hanno mancato la mira e hanno colpito la testa per il suo datore di lavoro, che è rimasto senza senso. Il mio capo è andato a prenderlo per essere curato e ha dovuto essere mandato in ospedale, dove dovrà rimanere per alcuni giorni fino a quando l'infortunio non guarirà. Il mio capo mi ha mandato a scoprire dove il suo Bundle era per informarti dell'incidente.

Saul era furioso quando aveva sentito la storia. Ora più che mai si sentiva ferito per aver lasciato l'allevatore da solo.

Nervoso, chiese:

"Dimmi la verità... è grave?

"Sembra solo relativamente, se non sorgono complicazioni. La cosa peggiore, al momento, è lo shock che subisce,

"Stai dicendo che eri ferito quando te ne sei andato" Il dollaro d'argento "?

"Questo è ciò che hanno testimoniato i testimoni.

"Allora avrebbe dovuto già chiudere l'affare e avere i soldi in tasca. L'hai raccolto?

"Hanno trovato solo pochi dollari nella tasca dei pantaloni.

Saúl è stato sospeso per un momento. Gli sembrava tutto così strano che non riusciva proprio ad adattarlo.

«Non lo capisco, Commissario. Il mio capo è andato al comune con tutto ciò di cui si parlava per vendere il bestiame a Gregory Scott e se si era ferito durante l'uscita, doveva portare i soldi con sé.

"Non lo indossava e per quanto riguarda i tuoi rapporti con quell'uccello, non hai trovato un ragazzo più pericoloso con cui fare affari?

Pericoloso dici? Chi ci ha messo in contatto con lui ha assicurato che era uno dei trafficanti più seri e onesti di San Antonio. Il suo aspetto sembrava essere d'accordo con quello che ci ha informato,

"E chi ti ha informato?

"Un individuo che ci ha visto arrivare con il bestiame e si è offerto come pedina di strada. Quando gli abbiamo detto che non avevamo bisogno di lui, perché la nostra idea era quella di vendere il bestiame qui e non andare ad Abilene, è stato loquace e ci ha dato molte informazioni in merito. Ci ha detto che valeva la pena trattare solo un paio di rivenditori e si è offerto di presentarcene uno. È stato lui a metterci in contatto con Gregory Scott.

«Molto ingegnoso, tutto quel caposquadra, ma mi dispiace dirti che ti hanno messo in un labirinto un po' strano. Quel Roger, se è quello che sospetto, è sotto Scott, che è il ladro più pericoloso e sfuggente di tutta San Antonio. Ha annusato l'attività e ha lavorato con successo per organizzarla.

"Quindi, pensi che Scott... abbia fatto qualche mossa per tenere il bestiame e il denaro?

"Non lo so, amico mio. Scott non era più all'osteria quando il suo capo è stato ferito, per cui nulla può essere accusato; ma dal momento che coloro che hanno iniziato la rissa sono conosciuti come suoi amici, è ragionevole presumere che avevano preparato una trappola per rubare i suoi soldi.

"Cosa avanzerebbero se il bestiame non fosse stato loro consegnato?

"Non lo so. Tutto è così confuso che finché il tuo datore di lavoro non riprenderà conoscenza e non parlerà, non sarà possibile chiarire cosa sia successo. Ecco perché non sappiamo se l'impresa è stata completata, nemmeno se il il datore di lavoro ha effettivamente ricevuto denaro.

Saúl, sempre più confuso, non sapeva cosa fare. Il suo impulso era di correre al villaggio per vedere il suo padrone, ma non osò lasciare il bestiame abbandonato.

Infine, il desiderio di vederlo e di conoscere il suo vero stato era più forte di ogni cosa e, rivolgendosi ad uno dei tre peoni che lo avevano accompagnato, disse:

"Hai già sentito. Il capo è in ospedale e il mio compito è andare a trovarlo e informarmi sulle sue condizioni. Ti lascio alle cure del bestiame e senza alcun pretesto li darai a nessuno. Se qualcuno viene a cercarlo, digli di aspettare il mio ritorno, capito?

I tre affermarono che lo avrebbero fatto e Saúl, insieme al commissario, tornò in città.

"Dov'è l'ospedale?" chiedo.

"Non avresti anticipato nulla in questo momento presentandoti lì, perché non li avrebbero lasciati entrare. Lo avrei ottenuto solo se fossi stato accompagnato dallo "sceriffo". Pertanto, penso che la cosa migliore che puoi fare sia venire con me negli uffici e parlare con il mio capo. Puoi chiarire alcune lacune che ritieni più appropriate.

Saul si è dimesso. D'altra parte, voleva sentire dalle labbra dello "sceriffo" dettagli che gli mancavano anche per giudicare il caso.

Quando arrivarono negli uffici, il commissario presentò Saúl dicendo:

«Capo, questo è il caposquadra del ferito. Gliel'ho portato perché voleva andare in ospedale a vedere il suo capo.

Lo "sceriffo" indicò un sedile, dicendo:

"Lo ignorerebbero se si presentasse e, d'altra parte, non farei nulla a vederlo, se è privato della conoscenza. Dovremo aspettare che si riprenda. Pertanto, sarebbe meglio se aspettassi che faccia giorno e nel frattempo farai bene ad informarmi di tutto ciò che sai sulla faccenda. Ho la sensazione che sia qualcosa di molto fermo, dare a qualcuno un'antipatia. Ho cercato di intrappolare un ragazzo per molto tempo e fino ad ora è stato molto abile nel mangiare il formaggio ed evitare le scorte.

«Intendi quell'uomo di nome Gregory Scott? Il suo commissario mi ha detto qualcosa di spiacevole su di lui.

"Questo è ciò che intendo. È il ladro numero uno di San Antonio e ha un bel record nero; ma è furbo e sa fare le cose evitando ogni prova che lo nuoccia. Aspetto sempre di trovare qualcosa di tangibile a cui applicare il peso della Legge, ma non ci sono riuscito. Le prove morali sono inutili e le prove materiali le sfuggono con sorprendente abilità. Certo, c'è un detto che "la brocca va così tanto alla fonte che si rompe sempre" e io cerco la pietra dove inciampa e rompe il suo scudo. Dimmi quanto sai per vedere se è utile a qualcosa.

Saúl, teso, lo informò di tutto quello che aveva parlato con Roger, di come li avesse portati al "Dollaro d'argento" per metterli in contatto con Gregory e come lui, dopo essere andato a vedere il bestiame e aver dato il suo consenso, avesse marciato con McClellan per finalizzare la vendita e consegnare i soldi.

Lo "sceriffo", dopo aver ascoltato attentamente, disse:

"Ora ciò che resta da sapere è se la transazione è stata effettuata e se il suo datore di lavoro ha firmato la ricevuta di vendita e ha ricevuto i soldi, Roger, che era al bar quando sono arrivato, ha dichiarato che il suo datore di lavoro e Gregory avevano cercato di vendere del bestiame , ma chi non ne sapeva di più. Sospetto che sapesse, o sappia tutto, ma ha voluto svignarsela e non mollare la lingua.

Se, come sembra logico, la transazione è stata fatta, Gregory, troppo furbo, ha eluso la sua personale responsabilità in materia, come è dimostrato da testimoni imparziali che ha lasciato la bisca prima che scoppiasse la lite. Ma questo non dice nulla, perché tutto, potrebbe essere pronto a tagliare fuori il suo capo quando ha cercato di andarsene dopo che Gregory se ne è andato e, in un modo o nell'altro, sequestrare i soldi che ha ricevuto dalla vendita del fascio.

"Se pensi che Gregory potrebbe darti i soldi, rischiando il fallimento del piano se ce ne fosse uno?

Perché no? Gregory gestisce i soldi e alla fine non perderebbe nulla, perché se pagasse il bestiame e firmassero l'atto di vendita, il bestiame è suo e vale il denaro investito.

"Come? Hai... hai il diritto di tenere il pacco dopo che i soldi del mio datore di lavoro sono stati rubati?

"Legalmente sì. Ha pagato per il bestiame e, in cambio, avrà ricevuto un documento di vendita. Di fronte alla Legge, è proprietario del bestiame se non è provato che ha partecipato al furto del denaro, perché sosterrà con una ragione contorta che non può essere responsabile per altri individui sequestrano il denaro al suo datore di lavoro, quando era ferito e hanno cercato di servirlo o hanno finto, solo con l'idea di rubare i suoi soldi.

"Se non è di quel tipo, l'incidente è qualcosa che potrebbe accadere al di fuori di lui, perché qui ci sono molti indesiderabili capaci di rubare l'alito di una zanzara. Bastava che avessero assistito allo scambio di denaro per accordarsi e rubarlo proprio lì o altrove. Non è il primo ad essere derubato in mezzo alla strada per spogliarlo di ciò che aveva appena ricevuto o guadagnato.

"Allora" chiese Saul angosciato. Se quel tipo si presenta stasera come ha detto, per prendersi cura del bestiame, devo... devo darglielo?

"In conformità con la Legge; è così che dovrebbe essere e potrebbe richiedere il mio supporto con il contratto di vendita in ordine. Questo è qualcosa che temo e quindi sto cercando di scoprire se ci sono prove abbastanza forti da impedirlo e persino da dare a Gregory un turbamento.

"Perché non fermi quel Roger? Era il collegamento...

"Credi che questo darebbe una prova? Roger è una tartaruga con molte conchiglie. Direi che Gregorio gli dà un incarico per fornirgli bestiame adatto a lui e, poiché in realtà Gregorio ha controllato legalmente i tori e commercia con loro lungo il percorso, non dichiarerebbe di essere stato sullo sfondo dei piani elaborati per derubare il suo datore di lavoro sarebbe bastato firmare la ricevuta. Roger non servirebbe legalmente, a meno che non decidesse di denunciare cose che sa, e non lo farebbe, perché sa che così facendo avrebbe firmato la sua condanna a morte.

"Resta solo da scoprire chi sono stati quelli che hanno fatto la rissa o hanno finto di organizzarla, per fare del male al loro datore di lavoro e privarlo dei suoi soldi. Ho ordinato di fare indagini per localizzare i rivoltosi; ma temo che questo impiegherà molto tempo per essere conosciuto e anche più tempo per individuarli, perché avranno avuto cura di mimetizzarsi velocemente per cancellare la traccia e rendere più difficile chiarire la verità.

Saúl, che divenne sempre più irrequieto, esclamò eccitato:

"No, non può essere! Hai l'autorità di intervenire e sospendere il diritto illegale di Gregory di prendere il bestiame. C'è qualcosa di confuso in tutto questo e sta a te evitare il saccheggio.

«Perché tieni presente che Gregory ha organizzato di presentarsi stasera per prendere il bestiame. Ha detto che si sarebbe unito a lui con un branco più numeroso in partenza all'alba per la sua strada per Abilene, e se lo prende, il mio capo avrà perso bestiame e denaro, mettendolo sull'orlo della rovina.

"Vi prego di venire con me ad aspettare l'arrivo di quella folla e chiedo che il bestiame intervenga finché tutto non sarà chiarito. Fate così, perché se non lo fate vi giuro che sparo a tutti quelli che si presentano lì con la scusa che vi danno il loro bestiame".

Lo "sceriffo", rendendosi conto della gravità del ragionamento, disse:

"Beh, proviamoci. La faccenda sta diventando molto brutta e temo che finirà in modo spiacevole.

Chiamò il commissario, ordinandogli di raggiungerli e tutti e tre si recarono nel luogo dove era stato il fagotto.

CAPITOLO V

LA FINE DI UN PLOTTING

Le pedine di McClellan erano rimaste in attesa dopo l'ordine di Saul. Le notizie che avevano ricevuto riguardo al loro datore di lavoro li avevano colpiti. Non erano passati tre quarti d'ora da quando Saul aveva lasciato il bestiame quando Gregory fece la sua comparsa, accompagnato da una mezza dozzina di ragazzi, che, a giudicare dal loro abbigliamento, sembravano cowboy.

Gregorio chiese:

"Dov'è il tuo caposquadra?

Il pedone non volle dargli spiegazioni e disse solo:

«È andato al villaggio. Tu vuoi?

"Ha accettato di aspettare qui. Sono venuto a ritirare il bestiame che ho comprato dal tuo capo.

"Dovrai tornare più tardi o aspettare che torni uno di loro. Non sono autorizzato a consegnare un solo manzo in assenza del mio datore di lavoro e del mio caposquadra.

«Ti avverto che questo bestiame è mio da un'ora. In caso di dubbio, ecco il documento di vendita con la firma del tuo datore di lavoro.

«Non lo metto in dubbio, ma lo insegni al nostro caposquadra o aspetti il ritorno del capo.

"Non vedo l'ora e loro lo sanno. Eravamo d'accordo che l'operazione sarebbe stata fatta stanotte, perché quel bestiame doveva partire per Abilene all'alba. Se l'hanno presa con calma, io non l'ho fatto e ho bisogno del bestiame in questo momento.

"Lo ripeto...

Non è riuscito a finire la frase. I compagni di Gregory, che si erano posizionati strategicamente mentre il giocatore stava discutendo con l'operaio, tirarono rapidamente la pistola al segnale che uno di loro fece loro e quando i tre cowboy di McClellan volevano reagire e mettersi sulla difensiva, era troppo tardi, perché mezzo dozzine di "Colt" li minacciavano sinistramente.

"Alza le braccia, presto! Gregorio ordinò. Nessuno mi si oppone quando la ragione è mia. Alza le braccia se non vuoi che i miei uomini ti sparino.

Non c'era alcuna opzione; avevano preso l'iniziativa e ogni tentativo di difesa era esporsi a ricevere qualche grammo di vantaggio senza possibilità di restituirlo.

I tre pedoni, tesi, obbedirono e Gregorio ordinò:

"Mettili in una posizione in modo che non si mettano in mezzo.

Uno, senza mollare la "Colt", che mirava con decisione, avanzò e la prima cosa che fece fu di spogliare i tre peoni dei loro revolver. Quando furono disarmati e non costituirono alcun pericolo, ordinò nuovamente:

"Legateli bene e lasciateli ovunque. Quando arriva il suo capo o il suo caposquadra, sarà lui a slegarli.

Senza poter fare nulla per scappare, i tre sono stati legati e bloccati per i piedi. Poi li hanno tirati da parte, lasciandoli a terra.

"Andiamo, presto! "Gregory ha avvertito" Ho bisogno di quei bovini al sicuro prima che le cose si complicano.

Senza impedimenti, i compagni di Gregorio spinsero in piedi le corna, anche se non molto volentieri, e rapidamente, montati sui cavalli che li avevano portati lì, spinsero il fagotto fuori dalla conca.

Gregorio ordinò:

"Portali al recinto e osservali bene. Torno in paese dove ho ancora delle cose urgenti da fare. Questo è cancellato.

Il gregge, muggendo di rabbia per essere stato svegliato dal sonno, si allontanò verso l'Oriente e quando furono già lontani, Gregorio partì per il villaggio.

Un sorriso ironico gli incurvò le labbra. Il colpo di stato era stato compiuto senza un solo errore e lo "sceriffo", per quanto avesse cercato di affinare le sue indagini, non avrebbe mai potuto biasimarlo per quello che è successo. Aveva un solido alibi che dimostrava che aveva abbandonato "The Silver Dollar" prima che scoppiasse la rissa e l'allevatore fosse attaccato.

E poiché poteva giustificare di aver pagato il bestiame, secondo la ricevuta firmata da McClellan, nessuno aveva il diritto di contestare di averli presi, anche se fosse stato con la forza negandogli la consegna di ciò che era suo. È vero che lo "sceriffo" doveva scoprire che l'incidente era stato causato da suoi amici, ma non poteva essere responsabile di ciò che i suoi amici hanno fatto e molto altro quando non era presente.

E quanto al denaro mancante, che dimostri chi era stato a rubarlo.

Gregory non disdegnava che la faccenda avrebbe prodotto un'atmosfera un po' densa e che le cose sarebbero state per lui in subbuglio per alcuni giorni; ma poiché l'allevatore non era morto, ma aveva ricevuto solo una ferita che, a quanto pare non era mortale, la cosa sarebbe stata dimenticata più o meno tardi e avrebbe beneficiato di un buon numero di bestiame senza pagare più di una piccola parte distribuita tra coloro che lo avevano assecondato.

Affinché questi scomparissero dalla circolazione per qualche giorno, sarebbe bastato che lo "sceriffo" si annoiasse e finisse per dimenticare l'accaduto, tanto più quando l'interessato, una volta uscito dall'ospedale, sarebbe dovuto tornare al suo ranch senza poter stare lì a togliere una materia tanto difficile e diluita.

* * *

La sorpresa dello "sceriffo", di Saúl e del commissario, quando raggiunsero la conca e la trovarono vuota di bestiame, fu enorme, Saúl, emettendo una sonora maledizione, gridò:

"Cosa significa questo? Come sono scomparsi i bovini e dove sono le mie pedine che hanno permesso?...

Il commissario, che gli stava scrutando intorno in cerca di qualcosa, gridò:

"Vedo dei grumi lì, capo. Guardali.

Indicò un luogo appartato, dove i tre peoni, legati e imbavagliati, lottarono per liberarsi dai loro legami.

Corsero in loro aiuto e, dopo averli liberati, Saul gridò:

"Cos'è successo? Come sei stato sorpreso?

Uno dei pedoni ringhiò:

"Se fossi stato qui, ti sarebbe successa la stessa cosa. Erano in sei e quel porco Gregory e mentre io litigavo con lui dicendogli di aspettare il tuo ritorno, i suoi uomini ci indicavano e non potevamo fare nulla per difenderci.

"È venuto mostrando un pezzo di carta che sosteneva essere la ricevuta per aver comprato il bestiame dal padrone ed era molto indignato perché non lo aspettavi come concordato. Ci hanno messo fuori combattimento e hanno portato via il bestiame".

Saulo ruggì con coraggio. Non solo avevano rubato soldi al loro datore di lavoro, di cui non era responsabile, ma avevano preso il bestiame e questa scomparsa era considerata responsabile.

"Hell's Bells! "Ruggì: "Dove sono finite le nostre corna?

Il pedone indicava:

«Per ordine che Gregorio ha dato ai suoi uomini, sono stati portati in un suo recinto.

"Un tuo recinto? Sa dov'è quel recinto, sceriffo?

"Sì, ma... cosa puoi fare? Legalmente il bestiame è loro e non lo lasceranno andare. Dovrebbe essere seguito un processo molto complicato e solo provando la colpevolezza di Gregory potrebbe chiedere il rimborso. Quando ciò sarà raggiunto, se viene raggiunto, dove sarà il bestiame?

Saúl ha fatto lavorare il suo cervello a piena pressione. Non era rassegnato a perdere tutto e cercava un modo per salvare almeno il bestiame.

Alla fine, credendo di trovare una soluzione, chiese:

"" Sceriffo "... sei convinto che Gregory sia un ladro e un furfante senza precedenti?

"Ho questa convinzione da molto tempo, ma è così intelligente che non sono mai riuscito a portarlo in rete per quanto ci abbia provato.

"Bene, ma qui c'è qualcosa che puoi fare con il perfetto diritto.

"Il fatto che?

"Le mie pedine sono state investite, minacciate e ammanettate. Questo è qualcosa che è al di fuori della Legge e puoi chiederne la responsabilità.

"Cosa vorremmo anticipare? Gregorio sosterrà che la consegna è stata negata e che, in uso del suo diritto, ha preso il bestiame.

"Aveva il modo legale di venire da te e chiedere che gli fossero consegnati. Quello che hanno fatto i tuoi uomini deve essere punito.

"Quale? Posso infliggere una multa o qualcosa di simile.

"Non mi interessa cosa possa imporre loro, ciò che conta per me è che, nell'uso legale della sua autorità, si presenti al recinto e costringa i suoi operai a seguirlo nei suoi uffici, dove dovrà prendere una dichiarazione accusandoli di tale abuso di forza. e minaccia. Mi interessa solo se li porti via da lì per un paio d'ore.

"Non potevo prendere tutti. Se lasciano il bestiame abbandonato e sfuggono di mano...

"Come recinto è una riserva chiusa, con la quale è sufficiente lasciarne una. È quello di cui ho bisogno.

"Affinché?

"Per colpirlo indietro. Ha rubato i nostri soldi e il nostro bestiame. Sarebbe proteggere un ladro proteggendo il prodotto dal furto e la mia idea è, mentre porti questi ragazzi negli uffici, anche se poi li rilasci punindoli con una multa, sequestri il bestiame che è legalmente nostro e lo prendi via mentre afferra. li ha presi. Non puoi essere ritenuto responsabile di ciò che accade al di fuori della tua portata e, se Gregory lo desidera, sporgere denuncia per il furto in un secondo momento.

"Forse questo complicherà un po' la situazione e lui stesso resterà impigliato in quella ragnatela da cui è sempre scappato. Voglio avvertirti che non sono un uomo che lascia nell'aria alcun attacco contro di me e che sono disposto a fare due cose; uno, per salvare il bestiame e, un altro, per andare il più lontano possibile nel tentativo di dimostrare che quell'avvoltoio ha organizzato il trucco per derubare il mio capo. Stavano per ucciderti, oltre che derubarti, e se non puoi fare niente di più positivo contro quest'uomo, potresti aiutarmi a provarci.

Lo "sceriffo" stava meditando sulla proposta e, infine, prendendo una decisione drastica, ha risposto:

"Hai ragione. Quando le solite procedure non servono a punire chi lo merita, è giusto procedere per vie più sbagliate per raggiungere l'obiettivo proposto. Andrò al recinto e prenderò chi fa la guardia al bestiame ; anche Gregory se c'è.

"Non lo troverai. Hai sentito che è andato al villaggio.

«Andiamo, commissario.

Saúl, udito l'ordine, intervenne:

«Lo seguirò a distanza per scoprire dov'è il recinto. Andrò con i miei peoni e rimarremo nascosti finché non lo vedremo partire con coloro che custodiscono il recinto.

"Cosa farà e dove porterà il bestiame se potrà riprenderselo?

"Non lo so ancora, ma ci penserò. Quello che prometto è che Gregory non lo riavrà indietro e che andrò a trovarlo per dargli un resoconto di ciò che accade. Ho intenzione di rimanere a San Antonio fino a quando il mio datore di lavoro non sarà guarito e non lascerà l'ospedale. Domani, quando il bestiame sarà al sicuro, andrò all'ospedale a vederti e poi verrò a trovarti.

"Molto bene. Mi piacciono le persone determinate come te e per me sarebbe un piacere se qualcuno al di fuori delle mie attività, limitato dalla legge, mi desse l'opportunità di poter dare un'antipatia a quel ragazzo. Non molti giorni fa si è preso un rivale che era sulla sua strada e cercava un pretesto per liquidarlo senza poterlo incolpare di omicidio.È scivoloso come un serpente.

"I serpenti tendono anche a imbattersi in qualcuno che sa come cacciarli. Un giorno sarà dimostrato.

Partirono nello splendido bagliore della luna. Il recinto di Gregory si trovava a più di un miglio di distanza, in un punto a lato di quella che un tempo era la grande strada dove quasi sempre arrivavano le greggi dal sud.

Mentre si avvicinavano, lo "sceriffo" indicò:

«Il recinto è sulla destra a circa duecento metri.

«Be', resteremo qui dietro quella siepe mentre tu arrivi al recinto. Immagino che lo vedremo quando tornerà in città.

"Sì, passerò a una certa distanza da qui.

Saúl ei suoi operai si nascosero dietro la siepe e lo "sceriffo", con il commissario, continuò ad avanzare fino a raggiungere il recinto.

Qualcuno che faceva la guardia all'ingresso, li fermò:

"Chi va? Non andare avanti.

Lo sceriffo, furioso, urlò:

"Tieni quell'arma e morditi la lingua che non sono io che ammetto gli ordini ma che li impartisco. Sono lo "sceriffo" con un mio commissario.

Il furfante esitò, ma sapeva quanto fosse pericoloso opporsi allo "sceriffo" e obbedì.

"Mi scusi", disse, "ma c'è un sacco di furfante là fuori e abbiamo un migliaio di bestiame nel recinto.

"Sono d'accordo con la tua opinione. C'è un sacco di canaglia là fuori e altrove.

Avanzò e, smontando davanti alla porta, chiese:

"Dov'è il tuo capo?

"Nella città.

"Quante persone qui tengono il bestiame?

"Siamo quattro pedine.

"Hai detto pedine? Ti chiamerei qualcosa di più appropriato.

"Puoi chiamare le persone come vuoi perché ti rifugi in quella stella.

"Non mi rifugio in niente. Quando dico che li chiamerei in altro modo, è perché ne ho delle ragioni. Stanotte hai razziato un fascio del signor McClellan e non solo hai preso il bestiame, ma hai minacciato di uccidere i peoni che lo sorvegliavano e li hai maltrattati e legati come un gregge di montoni. È che ignorano che questo ha una sanzione?

Il suddetto furioso, gridò:

"Sei male informato. Quei bovini sono di proprietà del signor Scott. Li ha comprati stasera, pagandoli in contanti e ricevendo in cambio un documento che provava che li aveva pagati e che erano suoi. Avevano fatto in modo di consegnarveli questa notte stessa e, secondo l'accordo, siamo andati a cercarli. Non hanno voluto consegnarceli né accusare ricevuta che provava la legittimità del reclamo e, in considerazione di ciò, abbiamo deciso di prenderli perché erano del datore di lavoro. Se i pedoni dovevano essere ridotti, è stata colpa loro e avranno verificato che nessuno gli ha fatto del male.

"Va bene, ma hanno fatto ricorso alla violenza e questo è punibile. Se si rifiutavano, il modo era di venire da me. Presentami il documento comprovante che il bestiame apparteneva al suo capo e io, con la mia autorità, avrei forzato la consegna. Fare un passo sulla mia terra e procedere come se l'autorità fosse nelle tue mani e non nelle mie, è qualcosa a cui non acconsento. Pertanto, poiché mi è stata presentata una denuncia per abuso e maltrattamento di lavoratori, sono venuto a cercarti per accompagnarmi nei miei uffici per rendere lì una dichiarazione. Quello che ho contro di te dipenderà da cosa ne verrà fuori.

"Non possiamo lasciare il bestiame abbandonato", disse con rabbia l'indesiderabile. Trova Gregory e digli...

"Tieni i tuoi consigli per te, non ne ho bisogno. A Gregorio chiederò la responsabilità che gli corrisponde, ma non rimarrai senza rispondere dell'eccesso. Sono stufo degli eccessi che commettono in un modo o nell'altro e questo sta per finire.

"Se siete in quattro, se uno di voi resta a guardia della porta, ce n'è abbastanza. Gli altri verranno con me e al loro ritorno l'altro dovrà presentarsi subito ai miei uffici".

Il peone, già fuori di sé, rispose bruscamente:

"Gli dico di trovare Gregory e che lui...

"Gli dico di venire con me sul posto e di non fare giochi, non ho la pazienza per tante battute. Stai rendendo la mia notte amara e non sono pronto per nessuno che mi prenda in giro. Mi accompagneranno per il bene, ma vogliono che faccia appello alla forza e sarebbe male se dovessi mostrare loro come la so usare. Faresti meglio a mantenere la tua intemperanza e seguirmi se non vuoi che ti butti fuori per sempre da San Antonio.

La minaccia era seria, perché se li avesse cacciati dalla città e avessero osato tornare, non avrebbe esitato a rinchiuderli per un po'.

Mordendosi le labbra, gridò:

"Sei la forza e dobbiamo umiliarci ad essa, ma se succedesse qualcosa in nostra assenza, saresti responsabile.

"Quella è la mia cosa e non la tua. Scegli chi deve restare e gli altri camminano davanti a me.

Furono costretti ad obbedire e, lasciandone uno a guardia del recinto, gli altri tre seguirono lo "sceriffo" e il commissario nel loro cammino verso il villaggio.

CAPITOLO VI

CON LE LORO STESSE ARMI

Saúl ei suoi tre peoni, nascosti nella siepe, videro passare poco lontano il gruppo formato dallo "sceriffo", il suo commissario e tre degli indesiderabili. Saúl calcolò che se qualcuno fosse stato lasciato a prendersi cura del recinto non potevano essere più di uno o due.

E quando furono lontani e non costituirono per loro un pericolo, Saulo ordinò:

A piedi. Non so con chi possiamo avere a che fare, ma immagino che non saranno più di due. Devi vendicare l'affronto ricevuto e restituire quello che ti hanno fatto prima.

I furiosi peones dichiararono che questa volta si sarebbero vendicati e tutti e quattro si diressero verso il recinto.

Non molto tempo dopo, lo scoprirono. Alcuni bovini, nervosi per la ristrettezza del recinto, urlavano con rabbia denunciando la loro presenza.

Saúl diede ordine di portare i revolver nascosti nei palmi delle loro mani e se vedevano che la situazione poteva mettere in pericolo le loro vite, dovevano sparare senza alcuna contemplazione.

Una voce minacciosa li chiamò a fermarsi:

"Dietro! Qui non hanno perso nulla.

Come le pedine, o pedine false, che Gregorio aveva mandato a prendere il bestiame, non conoscevano Saul, perché non era tra le loro pedine quando avvenne la sorpresa, non poteva essere riconosciuto dal guardiano del recinto e Saulo, coraggiosamente , Si fece avanti, dicendo con voce roca:

Tieni le mani tranquille. Il capo ci sta mandando a rinforzare la guardia del recinto. Sembra che tema l'intervento dello "sceriffo" e...

"Lo "sceriffo"? È già intervenuto e ha preso tutti tranne me. Vuole infliggerci una multa per l'assalto al fagotto e non so cos'altro. ti ha mandato il capo, perché è così che ti occuperai di questo mentre io corro al villaggio a cercarlo, in modo che sappia cosa sta succedendo. Ho paura che lo "sceriffo" rinchiuda nelle sue gabbie coloro che è stato preso ...

"Bene" disse Saul cercando di nascondere la gioia che la decisione del furfante aveva prodotto in lui, "se pensi che dovresti andare a vederlo, fallo. A quel tempo era in "The Silver Dollar".

«Quindi, penso che tornerò tra un'ora. Vado a prendere il mio cavallo.

Si voltò per trovare la sua cavalcatura. Saul fece cenno ai suoi peoni di piegare le falde dei loro cappelli sugli occhi. Sebbene splendesse la luna, da lontano e con i cappelli inclinati in avanti, non era molto facile per gli indesiderabili riconoscerli.

Salì sulla sedia e disse:

"Abbi cura di questo e non permettere a nessuno di avvicinarsi al recinto. Torno subito.

"Non preoccuparti, non permetteremo a nessuno di avvicinarsi.

Il ragazzo costrinse la sua cavalcatura al galoppo e Saul, teso, aspettò che se ne andasse. Quando fu fuori vista, ordinò nervosamente:

"Rapido! Questo bestiame deve essere portato fuori di qui.

"Ma cosa ne faremo di loro? Gregory non ci metterà molto a sapere cosa è successo e a cercare di salvarli. Mille corna non si tengono nella manica della giacca.

"No, ma in un luogo adatto per sottrarli alla vista di chiunque e difenderli se necessario. Quando siamo arrivati ho notato che, a una ventina di miglia da qui, c'è un terreno ideale per mimetizzarli. Una serie di pendii nascondono un terreno profondo e lì possiamo percorrerli. Prendendo posizioni in alto sulle piste, più di una dozzina di uomini possono essere fermati con i colpi. Sbrigati, al resto penso io.

I peoni aprirono la porta del recinto e, mentre uno di loro pungolava i tori per costringerli ad andarsene, Saúl con gli altri due peoni si assicurava che i tori non sfuggissero di mano e si raggruppassero insieme.

Quando quasi tutti furono fuori, organizzò il viaggio, seguito dall'ultimo a partire e, a tutta velocità, si diressero verso sud, guidati da Saul, che era quello che conosceva il terreno.

L'audace caposquadra era felicissimo. Se non fosse riuscito a riavere i soldi che erano stati rubati al suo datore di lavoro, avrebbe almeno riavuto indietro il bestiame e le perdite sarebbero state minime.

Ma nonostante questo, non era soddisfatto solo del salvataggio. Gregorio lo aveva umiliato con le sue abili manovre e, oltre a derubare il suo datore di lavoro, era stato ferito a causa sua. Tutto questo aveva un prezzo da pagare e non era disposto a lasciare San Antonio senza prima addebitare l'indesiderabile zoccolo duro.

Gli hatajo, infuriati per la mancanza di riposo, galopparono, urlando intensamente, ma guadagnarono terreno e lasciarono la città con una marcia demoniaca.

Saul fu favorito dalla bella notte che fece. Solo con un alleato così prezioso come quella grande, tonda, splendida luna, avrebbe potuto realizzare il suo ardito progetto.

Galopparono per quasi due ore, finché Saul, che stava marciando in avanguardia scrutando il terreno, scoprì il luogo a cui aveva alluso. Ordinato imperiosamente:

"Fai attenzione che il gruppo non si muova. Lo riconoscerò e troverò il posto migliore per andare dall'altra parte e poter lasciare il bestiame al sicuro.

Trovò un'ampia fessura e diede l'ordine di lanciare le corna attraverso di essa. A mezzo miglio di distanza, c'era un buco molto ampio dove potevano essere raccolti.

La manovra fu eseguita rapidamente e senza incidenti e quando il bestiame raggiunse finalmente la buca, gli stati, stanchi per il passo e assonnati, si sdraiarono sull'erba, cessando di muggire.

Saúl, soddisfatto, radunò i tre peoni dicendo:

"Torno al villaggio. Voglio essere consapevole di ciò che sta accadendo lì e quando è giorno ho bisogno di visitare il capo in ospedale per vedere come sta. Non so quando tornerò, ma vi lascio alle cure del bestiame e spero che la sorpresa di stasera non si ripeta. Hai armi, non sei codardo e prendendo posizione lassù, puoi difenderlo bene. Uno di guardia, mentre gli altri dormono un po' e aspettano con calma, perché non so quando tornerò.

"Penso che sarà prima della prossima notte. Se ci vogliono più di due giorni, torna con il bestiame al ranch e uno di voi torna a San Antonio per scoprire cosa può essermi successo. Il capo ha un paio di settimane in ospedale e lo "sceriffo" ci informerebbe di tutto.

Non voleva perdere altro tempo e, saltato in sella, si voltò di nuovo verso il villaggio, ma, temendo di imbattersi in briganti al servizio di Gregorio, scelse di abbandonare il sentiero e di galoppare attraverso il paese.

Era notte fonda e tra non molto il sole sarebbe tornato a splendere. Si sentiva stanco dei giorni di guida e degli incidenti vissuti durante quella notte indimenticabile, ma in fondo, prendeva la sua fatica per un buon uso in cambio del successo che aveva ottenuto e del contraccolpo che aveva affrontato con l'indesiderabile duro.

Quest'ultimo, insieme a "El Pecas" e soddisfatto del successo della sua mossa, era andato a trascorrere il resto della notte a "El Caballo Salvaje". Non voleva apparire quella notte per "The Silver Dollar", e nel caso lo "sceriffo" fosse venuto a cercarlo e avesse complicato la situazione.

La cosa più sicura era che il caposquadra di McClellan avesse denunciato l'assalto al fagotto e che lo "sceriffo" avesse cercato di scoprire cosa fosse successo.

Stava giocando nella stanza insieme al suo secondo quando, quando alzò gli occhi e guardò verso la porta mentre il "croupier" aspettava il momento di iniziare la roulette, rimase sbalordito quando vide apparire nella stanza uno degli indesiderabili che aveva lasciato a guardia del recinto.

Indovinando che fosse successo qualcosa perché il ragazzo lo cercasse, si alzò di scatto, dicendo a "El Pecas":

"Prenditi il controllo delle mie fiches. Arriva James e non sento la sua presenza qui.

Uscì per incontrare il ruffiano:

"Cosa cerchi qui?

"Diavolo! Cosa vado a cercare? A te. Mi hanno detto che l'avrei trovato ne "Il dollaro d'argento", ma lui non c'era e non sapevo dove trovarlo.

"Allora? È successo qualcosa?

"Certo che è successo. Lo "sceriffo" è apparso nel recinto con un commissario per cercarci. Lo hanno denunciato che abbiamo sequestrato il bestiame con la forza e maltrattato gli operai e intendeva portarci tutti nei suoi uffici.

"Ha minacciato di usare la forza e tutto il necessario per portarci via e i miei compagni hanno dovuto obbedire, lasciandomi alle cure del recinto. Ci hai detto che abbiamo evitato di confrontarci con lo "sceriffo" e che non potevamo impugnare il revolver. "

"Quindi, se fossi rimasto solo, come? ...

"È che poco dopo sono arrivate le quattro pedine che hai mandato come rinforzo e ho approfittato della loro presenza per lasciarle alle cure del recinto e sono venuto a darti un resoconto di quello che stava succedendo, in modo che tu...

"Cosa hai lasciato quattro pedoni per occuparsene? Che pedine o che diavolo diamine se non mandavo nessuno?

"No? Uno mi ha detto che li hai mandati e io...

Gregory indovinò qualcosa di quello che era successo e, in una reazione brutale, gli diede un colpetto sul braccio e diede un terribile pugno alla bocca di James, mandandolo a due metri di distanza.

Il pugno era stato così brutale che il ruffiano era rimasto a terra, privo di conoscenza e con il sangue che gli sgorgava dalla bocca.

Gregory, senza fermarsi ad attendere la reazione di coloro che avevano assistito alla caduta di James, si diresse a grandi passi verso la porta in cerca dell'uscita. "El Pecas", intuendo che stava succedendo qualcosa di grave, raccolse velocemente le chips che erano sul tavolo e che appartenevano a lui e al suo capo e gli corse dietro senza preoccuparsi del suo compagno caduto.

Lo raggiunse per strada e lo raggiunse nervosamente:

"Che succede, capo?

"Cosa c'è? Non ci si può fidare di quei cretini come James e altri. Sospetto che si siano presi gioco di lui e con lui di me e abbiano salvato il bestiame che avevamo sequestrato questo pomeriggio.

"Non è possibile!

"Non?

"Se te ne sei andato quattro tenendolo...

«Sì, ma lo 'sceriffo' è andato da un commissario e ha preso gli altri tre, accusandoli di aver usato violenza con gli operai per sequestrare il fagotto. Rimase solo James e... qualcuno sapeva cosa sarebbe successo perché poco dopo , quattro si sono presentati dicendo che erano stati mandati da me, per rafforzare la sorveglianza del recinto. James, l'idiota, non si è fermato a riflettere che non conosceva nessuno di quelli che si sono presentati e che era tutto un trucco da prendere Li ha lasciati lì per venire a scoprire cosa fosse successo e io avrei scommesso la mia testa contro un dollaro, che quando andiamo non c'è una sola mucca nel recinto.

"Hell's Bells!... Se è successo così... non appena individueremo quei buharros, alcuni di loro non avranno il tempo di rimpiangere la presa in giro.

"Se li troviamo," Lentiggini. " Andiamo al "Dollaro d'argento" a prendere quelli che sono lì e ci spostiamo al recinto; Ma temo che sia troppo tardi

"Se sono stati presi, cercheremo la pista e anche se dovessimo seguirla fino all'Inferno, la seguiremo.

Si presentarono frettolosamente alla bisca. Hanno trovato solo quattro della banda che giocavano a poker.

"Prendi il tuo gioco e seguimi. Dove sono i tuoi cavalli?

"Là fuori, capo.

«Be', cercali.

I cavalli di Gregorio e l'"El Pecas" erano in un vicino recinto e quest'ultimo andò a cercarli.

Un quarto d'ora dopo, i sei stavano galoppando come demoni diretti al recinto.

La furia di Gregory non conobbe limiti quando si rese conto di non essere stato ingannato. Il recinto era aperto e solitario.

"Non te l'avevo detto? Sono stato molto combattuto e questa è la prima volta in vita mia che nessuno mi ha fatto un lavoro del genere.

"El Pecas" era furioso quanto il suo capo e, esaminando il terreno, urlò:

"Possiamo cercare il sentiero. Non è passato molto tempo che hanno dovuto andarsene.

"Credi che sia possibile? Dimentichi che questo lato della prateria è schiacciato da migliaia di zoccoli di bestiame e che le impronte si confondono a formare solchi impossibili da discernere? D'altra parte, alla luce della luna è impossibile cercare ciò che alla luce del sole è molto difficile.

"Tuttavia, qualcosa deve...

Tutti e sei si irrigidirono tirando la rivoltella, ma poco dopo Gregory avvertì:

"Congelati! "Sono i nostri uomini che tornano.

In effetti erano i tre ruffiani che lo "sceriffo" aveva preso.

Vedendo Gregory in persona accompagnato da "El Pecas" e altri quattro, uno esclamò:

"Che succede, capo? Perché tu?...

"Cosa sta succedendo? Ecco.

E indico il recinto vuoto.

Si è fermato; alcuni cavalieri galopparono in avanti.

"Corna demoniaca! Dov'è il bestiame?

«Questo mi piacerebbe saperlo, Bem.

Ma come è sparito? James è stato attaccato?

"James è uno stronzo. Sono stati ingannati da quelli che avevamo legato ore prima e avevano preso il bestiame.

Gli indesiderabili non uscirono dal loro stupore. Questo sembrava così inaudito che hanno avuto difficoltà a inserirlo.

"E ora quello? Ha chiesto uno.

«Ora non lo so, ma ti giuro che quando scopriremo il bestiame o sapremo chi ha ideato la commedia, Gregory Scott ricorderà i secondi che ci vogliono per metterlo davanti alla mia rivoltella.

"El Pecas", che era un ragazzo sottile e sospettoso, è intervenuto per dire:

"Capo, non ti sembra molto strano che non appena lo 'sceriffo' è venuto a cercare questi, gli altri si sono presentati per prendere il bestiame? Può essere che lo "sceriffo" abbia contribuito a facilitare il compito?

Gregory si irrigidì, poi rispose:

«Non credo che lo 'sceriffo' sia capace di una cosa del genere, anche se non lo disdegno. Piuttosto, penso che, dopo la denuncia, se la sentissero dire che sarebbe venuta a cercarci, prenderebbero approfittare del dettaglio e tendere un'imboscata per colpire quando sapevano che nessuno o quasi sarebbe rimasto qui.

«Comunque, andrò a trovare lo 'sceriffo' e lui mi ascolterà. Ti riterrò responsabile della rapina se non rintracci chi l'ha commessa. Legalmente, il bestiame è mio e quello che hanno fatto è un palese furto. Per un uomo meticoloso come lo "sceriffo", è d'obbligo scoprire i ladri.

"E poiché non si può fare nulla ora, ti lascio qui in modo che quando il sole sorgerà, tu possa cercare di trovare l'indizio, se possibile, anche se ne dubito."

Stava per partire, quando "El Pecas" gli chiese:

"Cosa facciamo se scopriamo il sentiero?

"Ci sono sei di voi che non si perdono d'animo quando si tratta di far abbaiare la 'Colt'. Seguilo e se trovi il bestiame, spero che torni con loro. Avrò mille dollari per voi sei, se li prendete.

"Cercheremo di vincerli. Ora dimmi dove posso trovarti se ho bisogno di vederti.

"Passerò il resto della notte al" The Silver Dollar "e quando sarà l'orario di lavoro, andrò a trovare lo "sceriffo". "Dopo, se non esce niente di nuovo, vado in albergo a dormire. Ma tu puoi presentarti lì se la visita è interessante.

"Va tutto bene. Vedremo cosa si otterrà.

Gregorio montò a cavallo e tornò al villaggio. Nella sua vita era stato più furioso di quella notte.

Qualcuno, ignorando il suo record, il suo poster duro e pericoloso e la forza che rappresentava a San Antonio quando era sostenuto da un gruppo di delinquenti selvaggi e senza scrupoli, gli aveva lanciato una sfida in faccia e gli aveva sferrato un colpo che non avrebbe mai potuto immaginare. ricevere. Questo era qualcosa che gridava per sanguinosa vendetta, ed era pronto a vendicarsi sfidando tutto ciò che doveva essere sfidato.

Non sapeva chi l'avesse fatto, ma doveva presumere che fosse opera del caposquadra dell'allevatore. Lei si era appena accorta di lui e ora si rendeva conto che era un nemico molto pericoloso.

CAPITOLO VII

UN'INTERVISTA MINACCIAANTE

Lo "sceriffo" era andato a letto molto tardi. Passò molto tempo a scrivere la dichiarazione accusando i tre scagnozzi di Gregory di aver infranto la legge compiendo una rapina, anche se si trattasse di sequestrare qualcosa che Gregory poteva giustificare fosse suo e, dopo aver imposto a ciascuno una multa di trenta dollari che lui li costrinse a pagare in loco se volevano essere liberi, si ritirò a riposare.

Quando si spogliò, si ricordò di Saul e si chiese cosa avrebbe fatto in assenza dei peoni. Temeva di aver usato violenza, perché questo poteva costringerlo a dover intervenire contro di lui, cosa che lo infastidiva, poiché era convinto che Gregorio fosse un furfante che aveva organizzato il trucco per derubare l'allevatore di bestiame e denaro e, se così era, ha ritenuto giusto che usando procedure simili, avrebbero strappato il suo bestiame.

Finì per addormentarsi e si alzò un po' tardi. Quando si stava preparando per lavarsi nella bacinella del suo giardino, bussarono alla porta.

In maglietta, con l'asciugamano in spalla, andò ad aprire la porta e si trovò faccia a faccia con Gregory.

Bastava guardarlo in faccia per intuire che non era di buon umore. Saúl doveva aver fatto il lavoro e ora ciò di cui aveva bisogno era sapere come l'aveva fatto.

Fingendo sorpresa, salutò, aggiungendo:

"Che " 'onore "per la mia modesta persona ricevere così presto la visita di una persona così importante come te! Cosa ti porta alla casa della Legge?

"Cioè appunto, invocando la Legge che dovrebbe proteggermi e vi prego di non parlarmi con ironia, perché sono un uomo che manca di senso dell'umorismo quando lo hanno graffiato e gli hanno fatto bruciare la pelle.

"Devono aver dovuto graffiarlo con una falce per vagliare il grano, perché dubito che con le unghie riusciranno a produrre un'ammaccatura nella pelle. Ce l'hai troppo duro.

"La pelle e altre cose quando è necessario dimostrarlo. Vengo a denunciarvi che la notte scorsa hanno rubato un migliaio di bovini che avevo nel recinto preparato per essere inviato ad Abilene con parecchi altri.

«Intendi quelli che ho visto nel recinto mentre cercavo i tuoi uomini ieri sera?

"Lo stesso.

"Hmm! A quanto pare quel maledetto pacco è destinato a essere rubato ogni due ore.

"Cosa significa?

"Che tu e i tuoi uomini avevate rubato prima.

"" Sceriffo! "Non acconsento a quell'insulto. I bovini erano miei, li avevo comprati con soldi in mano come posso giustificare e negandoli, ho usato il mio diritto per sequestrarli.

"È possibile che tu abbia avuto il diritto di reclamarli contando su quella ricevuta di acquisto che hai: quello che non avevi diritto era attaccare i peoni, legarli e prendere il bestiame. Credo che il modo legale se gli sono stati negati "che non sono stati negati, ma gli hanno chiesto di aspettare l'arrivo del capocantiere" era di venire da me e chiedermi di imporre la mia autorità in modo che potessero essere consegnati a lui se ne aveva il diritto.

"Quello che tu e i tuoi uomini avete fatto è stato un oltraggio ed è per questo che ho cercato i vostri peoni e li ho portati qui per raccogliere il rapporto e imporre loro una multa. A proposito, ce n'è uno che apparirà e anche tu. La multa del tuo induttore è di sessanta dollari.

Gregory ruggì di rabbia.

"Spero tu stia scherzando.

"Non scherzo mai con le cose della Legge. Il mio piacere sarebbe, invece di imporre una così piccola multa, appenderlo con calma a una quercia; ma non ho ancora trovato la prova per ottenerla. Pertanto, ho accontentarmi di ciò che posso "legalmente" fare.

E se mi rifiuto...

"Penso che tu sappia cosa significa per uno 'sceriffo' dare a qualcuno ventiquattro ore per lasciare una città. A ventiquattro minuti, può spararti senza che nessuno ti ritenga responsabile.

Gregory si morse il labbro con rabbia. Sapeva cosa voleva fargli capire lo "sceriffo" e non era disposto a concedergli un briciolo di ragione.

Si frugò in tasca, tirò fuori alcune banconote e, posandole sul tavolo, sbottò:

"Ecco la mia multa e quella del pedone che non è venuto. Qualunque altra cosa?

"Niente da parte mia al momento. Ora vediamo cosa c'è dalla tua parte.

«La stessa cosa che hai appena invocato. Esigere che intervenga affinché quel bestiame che è mio mi venga restituito. Se non lo fanno, non potranno censurarmi se sono stato io a salvarli in modo più violento.

"Molto bene. Il motivo è uno. Il bestiame è tuo in virtù di una ricevuta che possiedi. Certo, mi riservo di indagare su qualcosa di molto serio riguardo quella vendita e quell'acquisto, ma tutto verrà per conto suo.

"L'acquisto e la vendita erano legali e ho pagato in buoni conti. Nessuno può accusarmi di niente.

E i suoi amici?

"Non lo so. Se è successo qualcosa dopo che ho lasciato "The Silver Dollar", non sono intervenuto affatto e, nel peggiore dei casi, anche se i miei amici hanno ferito l'allevatore nel pieno della lotta, che può accusarli di essere stati quelli che hanno rubato i soldi all'allevatore?E' stato aiutato da diversi clienti e per sapere chi ha approfittato della situazione per prendere i soldi di tasca e tenerli.

"Sì, certo, la situazione è confusa, molti sono intervenuti, anche se è sospetto che tutto si sia sviluppato, non appena quell'infelice ha ricevuto i soldi, ma succede che, almeno per quanto ne so, questa è la terza volta è successo qualcosa di analogo al bestiame comprato da te, tutti e tre i soldi sono spariti senza sapere come o in che modo.

"Dimentichi che questo è pieno di persone in cerca di coloro che possono offrire un bottino equo. Non vuoi ricordare le attività di Woodrow? Non mi dirai che non eri sospettato di rapine del genere.

"Ah sì, Woodrow! Perché l'hai ucciso, Gregory?

"Perché altrimenti mi avrebbe ucciso. Ho sparato appena in tempo per impedirgli di farlo.

"Sì, è stato molto ben misurato. Sai misurare le cose al millimetro; ma quali sono state le cause?

"Mi ha chiamato imbroglione quando aveva imbrogliato nove di fila.

"Che gli hai lasciato fare. Come mai?

"Non è chiedere troppo? Non sono arrivato a questo.

"Lo so, ma ci sono cose che sono correlate. Woodrow era un maestro nell'arte di fiutare strane paghette e, se ricordo bene, si sparse la voce che si era imbattuto in un affare da te. Non sarebbe questo il motivo?

"Puoi pensare quello che vuoi perché sono deciso a non parlarne più. Ho avuto dozzine di testimoni che ti ho ferito quando avevi la rivoltella in mano e hai dovuto ammettere che era un caso di legittima difesa. Cosa intende allora?

"Niente davvero, perché sarebbe inutile. Sto combinando azioni per tenerli presenti nella loro giornata. San Antonio è diventato un vivaio di ladri, con una mezza dozzina che si distingue come il più pericoloso e tu sei il numero uno. So che ti sto lodando dicendoti così, ma approfitta di questi complimenti nel caso tu debba pagare caro un giorno.

"Non sono uno sciocco, anche se mi mancano le prove per accusarti, ma ho una buona memoria e posso ricordarti alcuni casi in cui le coincidenze erano molto simili a questa.

"Ricordi come fu rubato il denaro a quell'allevatore di Corpus Christy, che ti aveva venduto una partita di bestiame e quando lasciò "El Caballo Salvaje", con i soldi che aveva appena ricevuto, fu derubato quasi alla porta del congiunta e spogliata del ricavato della vendita? Non pensi che io abbia il sospetto che chiunque abbia a che fare con te e ti venda qualcosa, finisca i soldi senza tempo per assaporarlo?

Gregorio; che era rosso di rabbia, si alzò dicendo:

"È comodo rifugiarsi nelle star per diffamare le persone per sospetti o coincidenze, niente di più. Se hai qualche solido motivo, cosa mi fa fermare e rinchiudermi? E se non puoi accusarmi con prove, perché non ti mordi la lingua? Sono stufo di sentirlo dire la stessa cosa e la mia pazienza sta finendo. Non costringermi a farti causa per diffamazione. Un buon avvocato ti darebbe un'antipatia.

"Anche una buona "Colt" te lo darebbe, Gregory e io non siamo un uomo che ha paura di nessuno. Pensaci bene nel caso tu faccia l'assicurazione con me.

"Lo stesso ti dico, ma ti stai separando troppo da ciò che conta. Sono venuto a denunciare la scomparsa di quei bovini che sono "legalmente miei" a patto che tu non dimostri il contrario ed esigo che tu cerchi il branco e fermi i ladri.

"Questo significa che non sei riuscito a localizzarli per procedere da solo ed è per questo che ti affidi a me?

"Non ho provato, ma se non vuoi, me ne occupo io. Allora non venire ad accusarmi di aver proceduto alle tue spalle.

"Va tutto bene. È un mio obbligo e cercherò di scoprire cosa è successo e dove sono i bovini, ma questo non significa che dovrò smettere di fare altre indagini. Per esempio, dove sono i tuoi amici, quelli che "sono entrati in una rissa" la scorsa notte quando l'allevatore è stato ferito?

"Non lo so. Ho avuto molte cose da fare e non ne ho vista nessuna. Suppongo che siano da qualche parte.

"Anche io, ma la domanda è sapere dove si trova quella parte.

"Lascia che i tuoi commissari lo scoprano. Per quanto mi riguarda posso assicurarti che siccome non sono intervenuto nel set, anche se credi il contrario, non mi sono preoccupato per loro. Cercali e fermali se non puoi alzare un dito a favore di nessuno di loro. Questo ti dimostrerà che sono libero da qualsiasi interferenza in questa materia. Mi interessa solo il mio bestiame perché mi costano diecimila dollari e se li perdo, perdo quei soldi.

Gregory aveva terminato la sua visita. Non era stato molto piacevole per lui, ma doveva combattere con lei se voleva salvare il bestiame e portare a termine gli affari.

Quando Gregory lasciò gli uffici, lo "sceriffo" sorrise in modo espressivo. La lamentela dell'indesiderabile confermava che Saúl aveva colpito e che aveva nuovamente sequestrato il bestiame, ma la questione era sapere cosa avesse potuto fare con il bestiame, poiché, se li aveva vicini, non importava quanto fosse grave , il suo dovere era di intervenire. il fascio, almeno fino a quando tutto è accaduto chiarito.

I dubbi dello "sceriffo" non tardarono a dissiparsi perché un'ora dopo fu Saúl a fare la sua comparsa negli uffici.

Lo "sceriffo" capì dal volto di soddisfazione che il caposquadra mostrò, che il suo piano era stato pienamente sviluppato e, dopo averlo salutato, disse:

"Sono contento che tu venga perché altrimenti ti avrei dovuto cercare.

"Tu perché?

«Perché ho una denuncia contro di te per aver derubato il recinto di Gregory e il suo fagotto. Me l'ha presentato un'ora fa.

"Sei sicuro che la denuncia riguardi me? Quell'avvoltoio mi ha indicato con la prova di essere stato quello che ha preso le corna?

«Be', non mi hai dato specificamente il tuo nome, ma logicamente accusi la rapina delle pedine del signor McClellan.

"Questo sarà il suo sospetto, poiché il mio sospetto è che sia stato lui a organizzare il trucco per spogliare il mio capo del suo bestiame.

"Sì, in questo hai ragione, ma... la faccenda è troppo complicata, perché sono obbligato a prendere provvedimenti per scoprire il fagotto e, se lo scopro, almeno dovrò intervenire.

"Nessuno lo ferma. Da parte mia, non ostacolerò la vostra missione.

"Questo significa che il bestiame è in un posto sicuro?

"Significa che sono molto lontani da qui. Poiché i soldi del mio datore di lavoro sono stati rubati, non sarò io quello che acconsente a farsi rubare il bestiame e finiscono per farlo precipitare nella rovina. Non è dignitoso aiutare un uomo onesto che sta lottando contro le avversità a essere messo a morte da ladri e anche miseramente saccheggiato.

"Beh, cosa è successo? Immagino che non sia successo qualcosa di grave che...

"Non preoccuparti. Non c'è stato un brutto pugno, nemmeno le minacce. Mi hanno reso più facile quando meno me lo aspettavo.

"Vuoi dirmi come è andata?

Saul gli ha dato un resoconto dettagliato della sua odissea la sera prima e lo "sceriffo" ha riso di cuore.

"Sei un uomo ingegnoso e fortunato. Questo è Gregory che sbuffa di rabbia. Ormai, i suoi scagnozzi devono raccogliere l'erba con il muso per scoprire dove si trova il fagotto.

"Beh, si stancheranno il naso facendolo, perché dovranno raccogliere più erba di quanta ne possano.

"Beh, non ti chiedo dove li hai, perché sarei costretto ad andare a prenderli.

"Non glielo direi nemmeno. Se non mi accusano con prove e non le hanno, non puoi fare nulla contro di me, come non puoi fare nulla contro Gregorio nonostante sospetti molte cose su di lui. Quello di cui io e te stiamo parlando qui è confidenziale, da uomo a uomo.

"Va bene, ma attenzione. Gregory è un cattivo nemico, come scopre, non farà giri di parole, anche se suona molte cose.

"Sono preparato e non mi sorprenderò. Che notizie hai in cambio di me?

"Nessuno. I miei commissari hanno l'ordine di localizzare coloro che hanno causato la rissa, ma temo che siano ben nascosti, istruiti da Gregory. Sono interessati a lasciare che il tempo passi e gli animi si calmino.

"Beh, si sbagliano se pensano che io sia un uomo che mi lascia scoraggiare o prende colpi come questo. La vita del mio capo è stata in pericolo e forse lo è e qualcuno deve pagare per questo.

"Mentre il mio datore di lavoro è in ospedale, non lascerò San Antonio e in quel momento possono succedere molte cose.

"Assicurati che non sia spiacevole per te. Gregorio non può agitare una mano contro di lui perché teme che il bicchiere della mia pazienza trabocchi, ma ha persone incontrollate capaci di girarlo e mandarlo all'inferno.

"Mi rendo conto di tutto e cercherò di essere prudente. Ora vado in ospedale a vedere il mio datore di lavoro. Immagino che mi permetteranno di vederlo.

"In questo momento sì, ma fai attenzione a non avere persone appostate nelle vicinanze, se hanno pensato che puoi andare a dare loro spazio per darti la caccia. Il lavoro che hai fatto a quell'avvoltoio non c'è da meravigliarsi. Se in questo momento sei molto interessato a cercare il sentiero del bestiame, potresti non aver ancora pensato di legarlo, tanto più se pensi di nasconderti con il branco. Approfitta ora che hai maggiori possibilità di non essere perseguitato.

"Beh, adesso sto andando in ospedale.

"Quando lo vedrò?

"Non lo so, e siccome non ho ancora cercato una locanda, non posso dirti dove alloggerò. Quando risolverai la questione, ti darò l'indirizzo nel caso avessi bisogno di me.

Si strinsero la mano e si salutarono. Saúl si recò direttamente all'ospedale di cui aveva chiesto l'indirizzo prima allo "sceriffo" ea quest'ultimo, per giustificare la sua azione nel caso in cui Gregorio stesse camminando per i sobborghi della città, montò a cavallo e seguì il corso del fiume.

Quando Saúl arrivò in ospedale e chiese di vedere il suo datore di lavoro, un'infermiera che venne a curarlo disse:

"Ha iniziato a riprendere conoscenza da un'ora, ma non so se riuscirà a parlare.

"Proverò la mia fortuna. Io sono il caposquadra della sua squadra e se si vede da solo, senza notizie da nessuno, forse questo produrrà una crisi che peggiorerà le sue condizioni.

"Bene, vieni con me.

Lo condusse nel reparto dove McClellan era stato ricoverato. C'erano sei letti, ma solo uno in più era occupato da un cavaliere che era caduto da cavallo, subendo un terribile colpo alla testa.

L'allevatore, con la testa completamente fasciata, era pallido e contratto. Il punto in cui è stato colpito era molto doloroso e i suoi occhi erano luminosi e febbricitanti.

Saúl, nervoso, gli si avvicinò e disse:

"Come va, capo?

McClellan fece uno sforzo per parlare e fissò il suo caposquadra finché non lo riconobbe.

"Oh, Saulo! ... Tu qui?

Dove altro sarò? Non sono potuto venire ieri sera e ho dovuto aspettare stamattina. Come stai?

Come un pesce in una pentola bollente. La testa mi fa terribilmente male e ho le vertigini...

"Allora non parlare. È meglio che ti riposi e dopo...

"No. Devo saperlo. Non ricordo nulla. Ricordo solo che ho ricevuto un colpo alla testa quando stavo lasciando "The Silver Dollar" e non so più. Mi è stato detto che qualcuno ha iniziato una rissa e sono stato ferito ingiustamente.

Saulo, che capì che non doveva eccitare il ferito, rispose:

"È andata così. È stato un incidente, ma per fortuna la ferita si rimarginerà presto. In due o tre giorni gli effetti dello shock saranno svaniti e si sentirà molto meglio...

«È stato un peccato che tu... sia rimasto lì e... Saúl, che fine hanno fatto i soldi?

"Non preoccuparti per lui. Lo "sceriffo" l'ha raccolto e non è successo niente.

"Santo cielo. Avevo paura che fosse sparito.

"Beh, calmati se questa era la tua preoccupazione.

"E il bestiame? sei andato a prenderlo?

"Sì. Era tutto sistemato, capo.

"Allora dove sono le pedine?

"Ecco. Non volevo organizzare niente senza prima sapere come stavi.

«Devi mandarli al ranch, perché qui non hanno più niente da fare. Lì sono necessari e qui spendono solo.

"Ma se li mando da soli, cosa diranno a tua figlia? Sarai allarmato se non ci vedi venire da noi ...

"Oh certo, hai ragione! Se Barbara sapesse cosa mi è successo...

"Ecco perché penso che, anche se stanno lì per un paio di giorni o tre, la spesa non sarà molto. Più tardi, se ti riprendi presto, possiamo inviarli in anticipo per dire che un'azienda ci ha intrattenuto qui e che anche noi arriveremo presto.

«Tutto quello che pensi dovrebbe essere fatto, Saul. Ho piena fiducia in te, ma non vedo l'ora di arrivarci. Ci sono dei debiti urgenti da pagare e... suppongo che conserverai bene i tuoi soldi.

"L'ho lasciato depositato nelle mani dello "sceriffo" per maggiore sicurezza. Quando ne avremo bisogno, ce lo restituirà.

"Hai fatto bene, perché ci sono molti furfanti qui. Quanto mi dispiace per questo stupido incidente!

"Devi già dimenticarlo e pensare solo a riprenderti. Calmati i nervi, parla poco, dormi quanto puoi e in pochi giorni potrai uscire di qui, anche se la tua ferita non è del tutto rimarginata. La cosa principale è che parti forte e senza vertigini, per sopportare il giorno del ritorno.

"Sì, certo, hai ragione e cercherò di seguire il consiglio.

«In tal caso, lo lascerò. Domani ci rivedremo e spero che farete del vostro meglio per non ritardare la vostra partenza. Che tu stia meglio.

Grazie, Saul. Fino a domani.

Il caposquadra ha lasciato l'ospedale. Nessuno lo pedinava e, dopo una seria meditazione, fu redatto un piano di condotta.

Ha fatto visita allo "sceriffo" per annunciare che sarebbe stato assente per un paio di giorni. Lì non fece nulla per il momento ed era meglio fuorviare i suoi nemici che essere nella bocca del lupo.

Il suo datore di lavoro, sebbene avesse ripreso conoscenza, non poteva lasciare l'ospedale appena lo desiderava ed era meglio non esporsi inutilmente.

Lo "sceriffo" approvò l'idea, anche se non chiese dove avesse intenzione di andare.

E con la promessa di tornare due giorni dopo, montò a cavallo e lasciò il villaggio.

Stava attento a farlo in luoghi esotici per non imbattersi negli scagnozzi di Gregory che avrebbero setacciato la prateria alla ricerca del sentiero del bestiame, e solo quando fu a poche miglia dal villaggio si imboccò il sentiero.

La sua idea era quella di incontrare le sue pedine e il bestiame ed essere uno in più per difenderlo se per caso fossero riusciti a scoprire il nascondiglio.

I pedoni potevano sentirsi a disagio se impiegava troppo tempo per tornare e non voleva che fossero imprudenti.

Per fortuna nel luogo dove avevano raccolto il fagotto regnava la più assoluta tranquillità e quando si incontrò con la piccola squadra, raccontò dei suoi sforzi in città e della campagna avviata da Gregorio per localizzare il bestiame.

CAPITOLO VIII

UN AIUTO PROVVIDENZIALE

Per due giorni interi Saul rimase al riparo del fagotto senza che nulla turbasse la tranquillità che vi regnava.

Erano stati tutti di guardia, scrutando la prateria, ma non scoprendo nulla di sospetto. Videro in lontananza armenti passare da sud e il primo giorno scoprirono una coppia di cavalieri che sembravano cercare qualcosa in quel terreno; ma se erano i furfanti di Gregorio, nessuno di loro si avvicinava alle banche.

Il terzo giorno del mattino Saúl decise di tornare a San Antonio. Il suo datore di lavoro sarebbe nervoso per la sua assenza e dovrebbe fargli visita.

L'allevatore era migliorato dallo shock, ma la ferita, che era estesa, richiedeva più cure e completo riposo, e non avrebbe dovuto contare di uscire da lì non appena avesse desiderato.

Saul stava attento a non informare l'allevatore della verità. Se dirgli che niente avrebbe risolto qualcosa, non dovrebbe preoccuparsi di problemi che non potrebbe risolvere.

Dopo la visita e, sempre con tutti i sensi all'erta, fece visita allo "sceriffo". Lo ha fatto quando ha osservato che non c'era nessuno in giro per l'ufficio.

Lo "sceriffo" lo interrogò;

"Dove sei stato dall'ultima volta che ci siamo visti?

"Ha fatto penitenza sulla montagna. Le preghiere richiedono isolamento e serenità.

"Non mi salverebbe se mi fidassi delle tue preghiere. Non ti sei mai imbattuto in Gregory e nei suoi angioletti?

"Sono arrivato solo un'ora fa e così presto non credo che siano per strada. cosa sai di loro?

"Alcune cose. I ragazzi che hanno iniziato la rissa sono scomparsi come un incantesimo. Gregory non vuole rischiare che qualcuno canti più forte del dovuto. D'altra parte, tutti i suoi amici si sono dedicati al compito di cercare le tracce di il fagotto senza scoprirlo, sei molto abile in questo senso.

"Non crederci. Mi è bastato buttarlo per la stessa strada di quelli che vengono e... come avrebbero potuto discernere quali erano le orme mie e quelle degli altri?

"È stato avventato, perché avrebbe potuto attaccare qualche altro gregge che fosse arrivato quassù e poi sarebbe stato brutto.

"Nel cuore della notte non è stato facile. Nessuno guida centinaia di corna e meno alla luce della luna.

"È vero. Il fatto è che non hanno trovato la pista e Gregory è furioso. È venuto a trovarmi due volte per vedere cosa avevo scoperto e sta mordendo perché il bestiame è evaporato. Sospetto che si sia convinto di aver non ha nulla a che fare al riguardo e avrà rinunciato alla ricerca.

"Meglio per tutti.

Cosa farai ora?

"Aspetta che il mio datore di lavoro lasci l'ospedale. L'ho appena visto, è migliorato, ma non potrà uscire appena lui ed io vorremmo.

"E rimarrai qui fino ad allora?

"No. Andrò a dire le mie preghiere alla montagna e verrò di tanto in tanto. Quando il mio datore di lavoro sarà guarito e conoscerà la verità, allora sarà qualcos'altro. Se mi autorizza, rimarrò qui, ma a mani libere, e poi vedremo cosa succede, verrò a trovarti quando verrai per sapere qualcosa che puoi dirmi.

Ha detto addio allo "sceriffo". Infatti non sapeva se tornare di nuovo al fagotto, o restare almeno quel giorno a San Antonio.

Un incontro casuale e inaspettato è stato ciò che ha deciso il suo corso d'azione immediato.

Stava scendendo lungo la strada principale quando, in direzione opposta, avanzò un gruppo di cinque uomini. Sembravano allegri e desiderosi di scherzare, perché ridevano a crepapelle.

Stava per staccarsi dal finto marciapiede per dare loro la via quando, con un nuovo sguardo, si irrigidì. Quello che era a capo del gruppo era qualcuno che aveva incontrato in situazioni abbastanza pericolose e un sorriso di gioia gli illuminò il volto quando lo riconobbe. Avanzando impetuosamente, esclamò:

"Robert!... Figlio del Diavolo! Che ci fai a San Antonio?

Il suddetto, un giovane sui trent'anni, alto, forte, bruno, dal volto energico, lo guardò e, spalancando la bocca, avanzò verso di lui allargando le braccia.

"Saul!... Rospo velenoso!... Vieni, fammi stringere le tue costole finché non mi convincerò che non sono d'acciaio!

I due si abbracciarono mentre il resto del gruppo aveva smesso di sorridere alla scena.

Dopo aver rotto l'abbraccio, Robert propose:

"E se celebrassimo l'incontro bevendo un" whisky "?

"Da parte mia, non c'è problema se pago.

"No. L'ultima volta che ho bevuto alla tua salute il giorno in cui siamo stati dimessi, non ricordi? Adesso tocca a me.

"Beh, non discutere più o finiremo per sparare.

"Come durante la campagna. Quelli che abbiamo girato!

"E quelli che ci hanno sparato!

"Ma non era facile per i diavoli ottenere piombo nei loro corpi. L'abbiamo blindato.

«Sarà tuo, perché il mio è stato perforato una volta.

"Ti hanno preso ubriaco ed è per questo che potevano spararti.

Entrarono in una taverna e, su richiesta reciproca, si informarono a vicenda della sua vita dalla fine della guerra.

Robert era stato un caporale nello stesso reggimento di Saul e insieme avevano preso parte a molte azioni.

Cowboy come Saúl, fu mobilitato e, alla fine della campagna, ognuno si mise in viaggio verso i rispettivi ranch.

Ma lo schema di Robert era scomparso. La valanga ha devastato il suo ranch e non ha trovato altro che cenere.

Questo lo costrinse a superare molte difficoltà finché non trovò lavoro in una fattoria, ma ne fu stufo e, saputo che la strada di Abilene era stata aperta, si era recato a San Antonio accompagnato da altri quattro simpatici peoni, cercando alloggio in una squadra di chi è partito per il Nord.

Ed erano stati fortunati. Un allevatore che era arrivato quella mattina, aveva bisogno di manovali, li aveva assunti tutti e cinque. Tuttavia, sarebbero rimasti ancora tre giorni a San Antonio, mentre l'allevatore aspettava che un altro compagno si unisse a lui, che li avrebbe seguiti con un fagotto simile al suo. Avevano deciso di unire tutto il bestiame e gli operai, in modo da formare una squadra più forte che garantisse meglio l'arrivo del bestiame.

E poiché avevano ricevuto tre giorni di licenza e un anticipo di venti dollari, erano decisi a trascorrere il miglior tempo possibile fino alla partenza.

Saúl, da parte sua, ha raccontato tutta la sua odissea senza tralasciare alcun dettaglio.

Robert, dopo averlo ascoltato, esclamò:

«E non hai messo cinque once di piombo nel corpo di quell'avvoltoio? Avrei.

"Non è facile, perché si circonda di persone che gli guardano le spalle e mentre il mio datore di lavoro è in ospedale, non ho libertà di movimento. Potrebbe succedermi qualcosa, e cosa accadrebbe al pacco?

"Hai ragione, ma è un peccato. Tuttavia, sai già che gli amici sono per le occasioni e se hai bisogno di aiuto, conta sul mio e sul loro. Siamo tutti per uno e uno per tutti.

Saúl rimase pensieroso per un momento. Conosceva bene Robert, conosceva il suo coraggio e la sua lealtà, ed era sicuro che nel fare l'offerta lo faceva con il cuore.

E un'idea diabolica gli attraversò la mente. Con l'aiuto di quei cinque diavoli, credeva che fosse realizzabile.

"Dici che hai tre giorni?

"Completamente nostro.

"Beh... mi è venuto in mente qualcosa da scoppiare a ridere se è andata bene, ma non posso farlo perché quel furfante conosce me e anche le mie pedine. Ma tu e i tuoi compagni potreste farcela. Alla fine si scopre, ma... se si coagula come credo possa, sarebbe come costringere quel rospo a pagare diecimila dollari come compenso per il lavoro che ci ha fatto. Diecimila dollari che verrebbero distribuiti, metà per te e l'altra metà per il mio datore di lavoro.

"Hell's Bells! Per meno di questo, ho afferrato Pedro Botero per le corna e le ho strappate via. Di cosa si tratta?

"Te lo spiegherò, ti illustreremo il piano e se ti piace lo metteremo in pratica. Non c'è impegno e se lo vedi difficile o molto impegnato, come se non avessimo parlato affatto.

"Il difficile è quello che ci piace. parla.

Saúl ha impiegato quasi mezz'ora a spiegare il progetto ed evidenziare i pro ei contro. Tutti lo ascoltarono con grande attenzione e, quando ebbe finito di parlare, una luce diabolica di gioia brillò negli occhi dei cinque.

"Grande, Saul! "Esclamò Robert." E se va bene, cosa che penso sarà, ci faremo una bella risata fino ad arrivare ad Abilene. Quando vuoi siamo a tua disposizione.

«Be', allora è tardi, Robert.

Andarono tutti alla ricerca dei loro cavalli e, poco dopo, lasciarono San Antonio, perdendosi nella prateria.

Quella sera, una mandria di mille bovini al comando di Robert Yhon, galoppò verso le rive del fiume, cercando uno spazio libero per fermarsi a una certa distanza dal villaggio.

Il bestiame era lo stesso che Saúl aveva nascosto per tre giorni a venti miglia da lì, ma né chi era davanti a loro né i peoni che li custodivano erano gli stessi.

Il piano di Saul era audace ed esposto, ma voleva provare un test. Se il piano fosse andato bene e quello che era successo con il suo datore di lavoro si fosse più o meno ripetuto, forse Gregory sarebbe inciampato per la prima volta in vita sua su una pietra così dura che si sarebbe fatto molti danni dal colpo.

Saul voleva forzare gli eventi. Poiché a quanto pare quella manovra di depredare i piccoli allevatori che arrivavano con il solo desiderio di vendere il loro bestiame c'era un trucco ben congegnato, in cui uno ad uno andavano a mordere, se questa volta gli eventi si stavano sviluppando allo stesso modo, Gregorio sarebbe inciampato nella sua stessa trappola e avrebbe dovuto pentirsene.

Perché l'idea di Saúl, approvata dai suoi pari, era quella di restituire il trucco a Gregory e farglielo pagare cara.

Se di nuovo qualcuno usciva dal coro e si offriva di essere un intermediario per la vendita, allora aveva tutto pronto per produrre la grande sorpresa. Robert sembrerebbe il figlio di un ranch dell'entroterra, inviato da suo padre a vendere quel bestiame.

I suoi quattro compagni sarebbero stati braccianti agricoli, e poiché erano tutti stranieri lì, nessuno poteva sospettare che il bestiame fosse lo stesso che Saúl aveva preso dal recinto di Gregory. Per lui e i suoi scagnozzi, il bestiame doveva essere a molte miglia di distanza ormai.

Saul aveva mandato avanti le sue pedine con l'ordine di posizionarsi in un luogo designato a breve distanza dal villaggio. Se le cose fossero andate come previsto, forse quella notte avrebbero dovuto riprendere il controllo della mandria, ma questa volta per galoppare con lui al ranch.

Saúl si era unito al branco come una pedina, ma alla fine e cercando di mantenersi in incognito per non essere riconosciuto. Per evitare ciò, si era scurito il viso con il fango e indossava una maglietta diversa da quella che indossava nei giorni scorsi. Anche il cappello era diverso, poiché lo aveva scambiato con quello di uno dei peoni.

Exprofeso andò un paio di volte in giro alla ricerca di un luogo adatto per fermare le corna, ma Saul badò che non scegliessero lo stesso che aveva usato nel tardo pomeriggio.

Alla fine, trovarono uno spiazzo dove fermarsi e Robert manovrò, dando ordini ai suoi uomini per il miglior posizionamento e sorveglianza del bestiame.

Durante questa manovra studiata, scoprì un soggetto tipo cowboy che sembrava molto interessato a quello che stava facendo Robert. Alla fine, quando sembrava che tutto fosse in ordine, Robert chiamò uno dei peoni e disse:

"Vado ad avvicinarmi alla città. Devo trovare quel tizio con cui mio padre mi ha detto di parlare e mettermi in contatto con il tizio che ha comprato l'altra partita di bestiame da lui. Mi ha detto che si chiamava Barry e che lo avrebbe incontrato al "The Golden Apple".

"Abbi cura del bestiame e con quello che avrò torno presto."

Mentre faceva per uscire dal gruppo, il ragazzo che camminava lì vicino lo incontrò dicendo:

"Scusa, amico, sei tu il proprietario di quel bestiame?

"No, ma del resto come se lo fosse. Sono di mio padre, il signor Wilson di Victoria e vengo a venderli per suo conto.

"Ti avevo sentito dire qualcosa al riguardo e ho pensato che ti interessasse che ti dicessi che Barry, il broker di bestiame che stai cercando, non è a San Antonio.

"Diavolo, va bene!... Dove diavolo è allora?"

"Solo lui può saperlo. A quanto pare, ha truffato un importo da un compratore di bestiame ed è scomparso da qui. Sono passati più di quindici giorni dall'ultima volta che si è sentito parlare di lui.

"E adesso cosa faccio? Mio padre era sicuro che l'avrei trovato e ora non so il nome del commerciante che ha comprato da lui il bestiame precedente.

"Questo non è un ostacolo se sei determinato a venderli.

"Perché li porto se no? Credi che mi sarei messo in viaggio con quel mucchio di corna? Devo venderli o riportarli a Victoria e non è un piano. Dopotutto, se la domanda è vendere il bestiame, venderlo all'uno farà tanto quanto all'altro, cercherò un compratore.

"Se è per questo, non abbiate fretta, perché posso indicarvi una persona perbene che si dedica all'acquisizione di piccoli branchi. È un uomo serio e paga sul posto quello che accetta.

"Mi piace, amico. Puoi dirmi chi sei e dove posso trovarti?

"Posso presentarvelo, perché a me è noto. Sicuramente sarai già a "El Caballo Salvaje", che è dove di solito ti fermi dopo il tramonto.

"Non sai cosa apprezzo. Non trovare Barry mi avrebbe causato un grande sconvolgimento. Andiamo?

Entrambi si avviarono verso il villaggio, le cui luci stavano già cominciando a tremolare, e quando furono abbastanza lontani, Saúl, che aveva seguito da vicino il dialogo, lasciò il gruppo e seguì la coppia fuori.

Questa volta non era stato il cosiddetto Ruggero a venire incontro al bestiame. Gregory lo aveva indubbiamente tolto dalla circolazione per paura che lo "sceriffo" lo prendesse e lo costringesse a cantare.

A distanza, seguì la coppia e così entrarono a San Antonio, dove era più facile per Saúl accorciare le distanze per non perdere di vista il suo compagno.

E così li vide entrare in "The Wild Horse" dove entrambi presero posto.

Faceva caldo e la porta del bar era aperta, il che permetteva a Saúl di tendere un'imboscata in una zona di confine, in una zona ombreggiata, e da lì di sorvegliare l'interno del bar.

Così vide come Robert sedeva a un tavolo e un cameriere gli serviva da bere, mentre l'ossequioso peone, dopo aver scambiato con lui qualche parola, lo lasciava seduto e si precipitava fuori.

Saulo lo seguì. Era sicuro che stava cercando Gregory per dargli un resoconto della nuova attività.

E non si è sbagliato, perché è entrato in "The Silver Dollar" dove sicuramente sapeva che avrebbe potuto trovare l'indesiderabile.

Dieci minuti dopo, Gregory, quello che era venuto a cercarlo, e altri tre uomini, che li seguivano a una certa distanza, uscirono dalla bisca.

Quando raggiunsero nuovamente "The Wild Horse", Gregory e il suo segugio entrarono nel bar, mentre i tre che lo seguivano rimasero in strada, ma prendendo posizione intorno alla porta e cercando di rimanere inosservati nell'ombra.

Saul pensava di indovinare cosa sarebbe potuto succedere. Questa volta non ci sarebbe stata nessuna finta battaglia per dare la caccia a Robert, perché sarebbe stato pericoloso ripetere il trucco quando lo "sceriffo" aveva una registrazione di quello che era successo a McClellan, ma il sistema volgare sarebbe stato usato per lasciarlo fuori dal comune con il denaro e seguendolo per derubarlo nel momento più propizio.

E siccome lì le rapine erano all'ordine del giorno, soprattutto di notte, Gregorio poteva essere sospettato come i tanti altri furfanti che brulicavano a San Antonio.

Saul era teso, non sapendo quale decisione prendere. L'arrivo dei briganti e dei luoghi che avevano prescelto per tendere un'imboscata non gli permisero di sostare nuovamente davanti alla porta per osservare da lì la manovra di Gregorio.

Ma temendo per la vita dell'amico, poiché era preparato a ciò che poteva accadere all'interno dei locali, ma non all'esterno, prese una decisione drastica. Doveva avvisare lo "sceriffo", dare un resoconto di quanto stava accadendo e chiedere il suo aiuto per evitare che Robert venisse aggredito quando meno se lo aspettava.

Poiché gli uffici non erano lontani, corse da loro e si precipitò nell'ufficio dello sceriffo.

In quel momento era nel sindacato di uno dei suoi commissari e quando ha visto Saul irrompere in quel modo, ha intuito che stava succedendo qualcosa di grave e si è alzato.

"Cosa gli succede? Sei stato aggredito?

"No, ma se non ci affrettiamo ad intervenire, la vita di un mio amico è in grave pericolo.

Chi ti sta minacciando?

"Gregory. O meglio, tre dei suoi avvoltoi, che in questo momento stanno aspettando in agguato davanti a "El Caballo Salvaje" che il mio amico esca per seguirlo e derubarlo.

"Perché puoi assicurarlo così?

Perché il mio amico ha lasciato in eredità un mazzetto di corna e, come me, un ragazzo che questa volta non era Roger, ma un altro, si è imbattuto in lui, offrendogli di metterlo in contatto con un acquirente. L'ha portato a "The Wild Horse" per presentarlo all'acquirente e poi è andato a "The Silver Dollar" alla ricerca di Gregory.

"Questo è ora con il mio amico che cerca di vendere il bestiame, ma fuori ci sono dei ragazzi in agguato in attesa di un ordine o di un segnale che dica loro che possono commerciare per riavere i soldi.

Lo "sceriffo" fissò Saul e chiese:

Come fai a sapere così tanti dettagli a riguardo?

"Non ti ho detto che è un mio amico che...?

"Ascolta un momento. Sai che non sono uno sciocco e che se mai lo sembro è perché gli imponderabili sono più forti di me.

"Sono ansioso di dare la caccia a Gregory e per questo non ho problemi a chiudere un occhio su alcuni eventi che non avrei tollerato in circostanze normali. Tuttavia, non ammetto che sia destinato a ingannarmi continuare a contare su di me in questa materia. Perciò o mi dici la verità affinché io sappia se devo agire e come, oppure non mi muoverò di qui finché non mi chiameranno a sollevare il corpo del tuo amico.

"Certo, se mi metti un po' in fretta, posso dirti in anticipo quello che non hai voluto dirmi fino ad ora. Ad esempio, che questo fagotto che il tuo amico intende vendere a Gregory è lo stesso che hai preso dal suo recinto e che quello che stai cercando ora è di intrappolarlo e prenderlo in flagrante.

Saúl sorrise divertito e rispose:

"Sei intelligente, sceriffo. La verità è questa. Mi sono imbattuto in quell'amico che era un caporale nel mio reggimento. È qui con altri quattro compagni assunti per partire per Abilene tra tre giorni e da allora ci siamo raccontati le nostre vite. abbiamo ricevuto la licenza. "Quando l'ho informato del mio soggiorno qui e di tutto quello che era successo, mi ha chiesto perché non avevo dato una buona lezione al furfante Gregory.

"Gli ho detto che non avevo ancora potuto provarlo per molte ragioni, ma che stavo aspettando la mia occasione dopo che il mio datore di lavoro aveva lasciato l'ospedale. Così tutti e cinque si sono offerti di aiutarmi a portare avanti l'evento, e abbiamo escogitato il trucco di farlo passare per il figlio del proprietario del nostro fagotto. Siccome i suoi amici non erano conosciuti, sarebbero passati come pedine della squadra e Robert si offrì di tentare la fortuna per vedere se avrebbero ripetuto il tentativo con lui, come avevano fatto con il mio datore di lavoro.

"E così è stato, solo che questa volta Roger non è intervenuto e, da quello che sospetto, non ci sarà rissa al bar, ma al momento giusto il mio amico verrà derubato in un luogo adatto a rubare i suoi soldi.

"È possibile, ma secondo il tuo piano cosa proponi? Forzare Gregory a comprare di nuovo lo stesso pacchetto?

"Perché no, se non l'hai comprato prima perché hai tenuto i soldi?

"Beh, eccoti con quel gioco. La mia missione in questo caso è proteggere la vita del tuo amico e non essere aggredito e seriamente turbato.

"E poiché suppongo che il suo interesse sia che Gregory compri la carne e la paghi, dovremo aspettare che l'affare si chiuda. In ogni caso, prenderemo precauzioni per non far avanzare gli eventi. "

Rivolgendosi al commissario, ordinò:

"Trova rapidamente il tuo partner e vai con lui alla taverna di Carl, dove mi aspetteranno. Essendo vicino a "El Caballo Salvaje", potrai incontrarmi subito e se per caso senti uno sparo, non aspettare che ti cerchi. Corri subito al comune.

Il commissario lasciò l'ufficio e lo "sceriffo" disse:

"Andiamo. Mi dirai tu dove sono quegli avvoltoi.

Si diressero verso "Il cavallo selvaggio", ma molto prima di raggiungerlo, Saúl indicò:

"Se andiamo oltre, ti scopriranno. I tre si trovano, due ai lati della porta, anche se un po' distanti, e un altro di fronte.

Si erano fermati all'angolo di una strada e lo "sceriffo", teso, guardò verso la canna.

Attraverso l'ampio quadrato della porta la luce interna dei locali veniva proiettata verso la polvere della strada, che era intensa. A volte, quando un cliente si avvicinava alla porta, la luce evidenziava in nero la sua figura allungata verso la strada.

In quel momento, due sagome sono state proiettate nello spazio. Al bagliore delle lampade, Saul riconobbe il suo compagno.

«È il mio amico Robert. Esce accompagnato.

"Ma non per Gregory" disse lo "sceriffo" "Chi lo accompagna è il suo uomo più fidato; Briand "El Pecas".

Estrasse il revolver e Saul lo seguì.

"Pensi che ti attaccheranno proprio qui?

"Sospetto di no. È un brutto posto per farlo. Aspetteranno che si separi da Briand e

...

Nessuno si era mosso con l'intenzione di seguire la coppia e la coppia, molto unita, risalì la strada lungo il confine fino all'angolo dove lo "sceriffo" e Saúl avevano teso un'imboscata.

Ha indovinato dove stavano andando.

"Sospetto che vedranno il bestiame. L'indirizzo è quello.

"È possibile. Gregory non avrà voluto che questa volta fosse visto così sfacciatamente e ha delegato il suo secondo.

In effetti, entrambi proseguirono lungo la strada cercando l'uscita del paese.

Lo "sceriffo" brontolò:

"Mi sembra che la situazione sia chiara. "El Pecas" vedrà il bestiame, dirà a Gregory che sono in buone condizioni e proprio lì, verrà firmato l'accordo e verrà consegnato il denaro. Quindi lascia che i tuoi avvoltoi vadano d'accordo con il tuo amico.

"Mi sembra che tu abbia visto chiaramente. Che cosa hai intenzione di fare?

"Rovinare il piano del nostro amico quando meno se lo aspetta. Appena tornano, con l'aiuto dei miei commissari, sorprenderò quei tre uccelli e li porterò nei miei uffici.

Poi vado al bar e ci resto finché il suo amico non lo lascia. Lo aspetterai qui fuori e lo porterai in un posto sicuro.

"Più tardi, me ne andrò come se non ne sapessi nulla e lascerò che Gregory si accontenti di acquistare legalmente il bestiame. Alla fine non avrà perso nulla, visto che i soldi del primo acquisto gli sono tornati in tasca. "

Saúl sorrise nell'ombra. Questa era la convinzione dello "sceriffo", ma la verità sarebbe stata ben diversa. Non aveva voluto parlare con l'uomo con la stella di questo finale perché dubitava che avrebbe approvato il suo piano, ma aveva capito che un furfante della statura di Gregorio che non esitava a giocare con la vita degli uomini onesti, solo per fregargli qualche migliaio di dollari, ha dovuto essere punito con le sue stesse armi.

Impiegarono più di un'ora per tornare, ma alla fine tornarono dalla riva del fiume e tornarono alla bisca.

Non appena vi scomparvero, lo "sceriffo" osservò:

"Non importa quanto abbiano fretta, meno di un quarto d'ora o venti minuti finiranno presto tutto. È il momento preciso per rovinare l'intero piano.

Velocemente andò alla taverna dove stavano aspettando i suoi commissari, e uscì con loro in strada, dove disse loro:

"Ti giri per entrare nella strada dalla parte inferiore della bisca e tu dall'alto. Attraverserò il confine e in soli dieci minuti ognuno di noi incontrerà un ruffiano al servizio di Gregory di stanza intorno a "The Wild Horse". Applicare il revolver al petto come primo saluto e se qualcuno cerca di urlare, somministrargli una razione del calcio di un revolver alla testa in modo che si mordano la lingua. Fagli attraversare la strada e affrontare il muro con le mani alzate finché non mi unisco a te. Andiamo.

Si sciolsero in silenzio e Saúl si unì allo "sceriffo" che attraversò il confine.

Mentre si avvicinavano all'imboscata, cercò di camminare come se non avesse interesse a restare lì, ma la voce sommessa e minacciosa dello "sceriffo" lo fermò:

"Comunque. Hendrix, ho un revolver in mano che può essere sparato senza rendermene conto. Che ci facevi qui in piedi?

"Niente", sceriffo "" disse il ruffiano a denti stretti, "mi stavo ritirando a dormire perché non mi sentivo bene e stavo cercando una sigaretta. Devo aver perso il tabacco e ...

"Finché non perdi la testa, puoi essere contento. Vuoi voltare le spalle con le mani appoggiate al muro più in alto che puoi?

"Ei, tu...

"Vuoi farlo o vuoi che ti metta due once di piombo nei reni? Scegli, ho fretta. Il ruffiano intuì che lo "sceriffo" non stava minacciando invano e obbedì. A un segnale dello "sceriffo", Saúl spogliò il revolver.

"Beh, ecco alcune maniglie, mettile e spero che ti rassegni se non vuoi passare un momento peggiore. Ammanettato l'indesiderabile, lo "sceriffo" ordinò:

"Continua a scendere. Penso che ti piacerebbe incontrare i tuoi colleghi, che non dovrebbero sentirsi più legittimi di te.

Quando raggiunsero uno dei commissari, ne fece un altro dell'imboscata di fronte al muro.

L'operazione di disarmo e ammanettamento è stata ripetuta e poco dopo con l'altro e in meno di dieci minuti tutti e tre sono stati cancellati.

"Portali negli uffici e chiudili a chiave. Più tardi vado e me a fare una filippica con loro.

E quando i suoi commissari partivano con i tre prigionieri lo "sceriffo", teso, disse:

"E ora vedremo il volto del pericoloso rapace di San Antonio. Ho paura che questa volta la polveriera esploderà in modo tale da colpire completamente alcuni di loro.

CAPITOLO IX

GREGORY PERDE IL POGGIAPIEDI

Il piano di Saul si era sviluppato come se tutto fosse dipeso da lui solo. Gregory, insistendo sulle sue procedure di accaparramento di denaro forse perché vedeva un futuro pericoloso a San Antonio, non aveva esitato a ripetere il sistema usato con McClellan, anche se questa volta per ampliare il campo dei sospetti, aveva fatto a meno dell'apparato teatrale di un riga. nel giunto. Robert sarebbe uscito da lì indisturbato e poi, da qualche parte lontano da "The Wild Horse", qualcuno lo avrebbe attaccato per rubare i suoi soldi.

Questa volta l'affare era stato chiuso al prezzo di nove dollari a testa. Gregory non voleva dare di più e Robert li accettò, perché, in fondo, né lui né il suo amico persero nulla di proprio con l'accettazione.

Ma siccome Robert non sapeva che tipo di trappola gli avrebbe teso, appena ebbe i soldi in tasca, Saúl era stato lasciato a rimanere nella bisca finché non avesse parlato con lo "sceriffo" e lui si fosse presentato al bar, per garantirti la vita. Si preoccupava solo di essere molto vigile dal momento in cui riceveva il denaro e di stare attento a non essere sorpreso in alcun modo.

L'operazione era stata ritardata perché Gregorio non voleva firmare nulla alla cieca, purché non avesse la garanzia che il bestiame valesse il prezzo stimato e per questo aveva mandato "El Pecas" a esaminare il bestiame. Il furfante capiva un sacco di bestiame per aver agito a lungo come un cowboy.

Il suo rapporto decise l'operazione e Gregory, in cambio della relativa ricevuta, diede novemila dollari.

Robert, con tutti i suoi sensi all'erta, intascò i conti e si sedette al tavolo. Ne aveva scelto uno dall'angolo e stava attento a posizionarsi in modo che fosse rivolto verso i clienti.

"Quando ti occuperai del bestiame? chiese a Gregorio.

"Al sorgere del sole. Di notte è esposto al movimento del bestiame e non voglio che si perda alcun bestiame. Tornate al branco?

"No, visto che posso aspettare. Sono tentato di tentare la fortuna al gioco. Mio padre mi ha autorizzato a vendere il bestiame fino a otto dollari. Li ho venduti per nove e quel dollaro in più posso smaltire senza che nessuno mi chieda un conto.

"Beh, visto che non ho molto da fare fino al momento di raccogliere il bestiame, posso accompagnarti e così andiamo insieme quando sorge il sole. Sembra buono?

"Da parte mia, felice.

"Allora aspetta che io dia ordini affinché all'alba gli uomini che devono occuparsi del fagotto siano pronti.

Ha chiamato "El Pecas" e gli ha dato istruzioni. Per Gregory era una garanzia e un riposo che Robert sarebbe rimasto lì, ma, d'altra parte, stava vanificando il suo piano, perché se il venditore non se ne fosse andato fino all'alba, i suoi uomini avrebbero perso tempo ad aspettare alla porta del giunto.

Si avvicinò a "El Pecas" e, a bassa voce, disse:

"Il tipo non vuole andarsene fino all'alba e questo ostacola i miei piani. Togliete i nostri uomini dalla strada e tenete d'occhio quando sorgerà il sole. Dovremo trovare il modo di stare distratti dove non c'è pericolo che qualcuno intervenga.

"Penso che il posto migliore sarà quando ti prenderai cura del bestiame. Dato che dovrà andare dove si trova il gruppo, è più solo e ...

"Ma le sue pedine...

«Be', lo studierò. Il punto è, non scappare con i soldi.

Gregory tornò da Robert, che sembrava distratto, ma non aveva perso di vista la coppia. Si chiedeva di cosa avrebbero parlato, anche se lo sospettava.

Ma allo stesso tempo era a disagio per la tranquillità che regnava lì. È vero che nessuno aveva disturbato la pace come una minaccia per lui, ma non è stato spiegato come Saul sia rimasto così inattivo.

Gregory ha invitato Robert:

"Vuoi che andiamo in sala giochi?

"Per me, avanti, ma prima... Dov'è la penna qui? Ho bevuto troppo questo pomeriggio e...

Gregory sorrise e indicò la porta sul retro.

"Vai in fondo al corridoio e la troverai alla fine. Vi aspetto.

Robert attraversò il corridoio, raggiunse il recinto e, senza fermarsi, sollevò la sbarra della porta e uscì sul terreno libero.

Veloz corse intorno agli edifici e su Main Street. Saul doveva essere lì e aveva bisogno di vederlo e parlargli. Se fosse stato lì e gli avesse detto di tornare alla canna, lo avrebbe fatto senza che Gregory si fosse accorto della manovra.

* * *

Lo "sceriffo" stava per entrare in "El Caballo Salvaje" quando "El Pecas", impetuoso, uscì sulla strada alla ricerca dei suoi satelliti.

Mentre lo faceva, si imbatté nello "sceriffo", che lo tenne per un braccio.

"Cosa c'è che non va", Lentiggini "che va così veloce? Lo stomaco fa male?

Il furfante fece una smorfia e rispose:

"Fortunatamente niente mi fa mai male. Ho fretta e non credo di doverlo spiegare.

Chissà... cercavi per caso i tuoi tre amici?

"Quali amici? Chiese il furfante, irrigidendosi.

«Quei tre che erano rimasti qui intorno alla porta per più di due ore.

"Non so chi intendi.

"Non li hai visti quando sei uscito un'ora e mezza fa con un allevatore in compagnia del quale sei andato al fiume?

"Le lentiggini" tese i suoi muscoli. L'istinto gli disse che lo "sceriffo" era troppo consapevole dei movimenti del suo capo e che la cosa minacciava di coinvolgere pericolosamente qualcuno.

"Non ho visto nessuno e non ho dovuto guardarlo.

"Forse hai ragione su questo. Bene, cos'è successo all'allevatore che hai accompagnato in quella visita notturna?

"Credi che l'abbia mangiato? Ce l'ha dentro.

"Lo celebro molto, perché è un uomo che mi interessa enormemente. Me l'hanno consigliato da Victoria e la verità è che non mi piace che sia in compagnia di elementi come te e il tuo capo.

"E poiché suppongo che questo contatto non avesse altro scopo che discutere la vendita del bestiame che hai portato a San Antonio, spero che mi informerai di come sono andate le trattative.

"Perché non chiedi all'allevatore o a Gregory? Non sono né l'acquirente né il venditore.

"Ma tu sei un intermediario e... molto pericoloso", Lentiggini. "Pericoloso quanto i tre ragazzi che avevi appostato qui ad aspettare che quell'uomo uscisse con i soldi in tasca. Ripetere il trucco del combattimento era molto esposto, ma pedinarlo nell'ombra e a distanza, non tanto,

"La cosa brutta è che questa volta non mi sono lasciato prendere il comando. I tuoi amici riposano nei miei uffici, dove le loro attività saranno meno pericolose, e poiché sei interessato a contattarli, è meglio se mi segui e li incontri lì.

"Dobbiamo parlare di molte cose e in nessun luogo meglio che nei miei uffici. Vuoi essere così gentile da accompagnarmi di tua spontanea volontà? "

"El Freckles" non era un uomo il cui ombelico si restringeva di fronte al pericolo. Intuì che le cose erano arrivate a un punto in cui lo "sceriffo" si stava tragicamente avvicinando alla meta che cercava da tempo e capì che, se non poteva più essere deriso, doveva rischiare tutto per tutto per sopprimerlo.

E rapidamente, portò la mano di lato per estrarre la rivoltella, ma quando l'arma uscì dalla fondina, un'altra mano uscì dall'ombra a breve distanza, afferrando la sua, impedendo l'azione, mentre qualcosa di sottile e rotondo che lui non aveva bisogno di vedere per rendersi conto che era la canna di un revolver, gli era conficcata nei reni.

"Slaccia quella mano e sarà meglio per te" disse sottovoce la voce di Saul, che era quello che era venuto in aiuto dello "sceriffo".

Il furfante digrignò i denti per la rabbia. Era caduto in una trappola dalla quale non sapeva come uscire.

Allentò la mano e Saul tirò fuori l'arma, afferrandola.

"Amico puntualissimo" osservò lo "sceriffo" "e quell'occasione ha salvato questo rospo, almeno per il momento, perché nell'ombra non si è accorto che avevo la rivoltella nascosta nel palmo della mia mano. Non vorrei l'ho lasciato sparare, ma è meglio così, che non si sia prodotto alcun rumore.

In quel momento qualcuno si avvicinò al gruppo. Lo "sceriffo" si mosse, puntandogli contro la rivoltella. ma Saulo, riconoscendo l'amico, si affrettò ad avvertire:

"Attento, sceriffo", è il mio amico Robert.

"Diavolo!... Da dove viene?"

"Da li. Quello che succede è che ho lasciato il recinto, incuriosito di osservare che nessuno si è presentato per prendere parte alla celebrazione. Il mio amico Gregory mi aspetta per giocare con me per un po' e poi, all'alba, uscire per una passeggiata lungo le rive del fiume.

"Molto intelligente, amico, ma penso che sia meglio non rischiare di tornare. Ascolta Saulo; i miei commissari saranno negli uffici a guardia di quell'altro trio. Ecco alcune manette, mettetele gentilmente sull'amico "Freckles" e portatelo lì con gli altri.

Aspettami negli uffici, ci vediamo quando avrò fatto due chiacchiere con l'amico Gregory. Vado a vedere come amaro un po' la notte.

Saúl annuì e, ammanettato il pericoloso indesiderato, lo costrinsero a camminare davanti, applicando la "Colt" ai lati come avvertimento di cosa sarebbe stato giocare se avesse cercato di scappare.

Lo "sceriffo", più calmo quando sapeva che Robert era al sicuro, entrò finalmente nel bar. Adesso era completamente libera di muoversi senza temere per la vita di nessuno.

Gregory sembrava un po' nervoso. Guardava con interesse la porta del recinto e sembrava cominciasse a diventare impaziente per la prolungata assenza dell'allevatore.

L'ingresso dello "sceriffo" lo ha solo reso nervoso. Non era strano che di notte visitasse quei luoghi tumultuosi, ma il momento era così critico che l'istinto sembrò avvertirlo che il suo ingresso nel bar non era casuale.

Ma facendo appello alla sua padronanza dei nervi, finse una calma che non aveva.

"Ciao Gregory! "Saluto lo 'sceriffo' con un sorriso amichevole." Lo vedo molto disoccupato e rigido. È malato?

"No grazie, mi sento perfettamente bene.

"Lo celebro. È molto strano non trovarlo a bere o a giocare.

"Sto aspettando un amico che è entrato un momento nella penna. Se sei così interessato a vedermi fare qualcosa che dici, aspetta un po' e tra pochi minuti mi troverai al tavolo della roulette.

"Ti auguro buona fortuna, Gregory, ma temo che non sarà con quell''amico' che stasera giocherai alla roulette o altro. Sembra che si sia sentito male e abbia scelto di andare a riposare.

Gregory intuì che qualcosa di sottile si stesse chiudendo intorno a lui e, agitandosi, esclamò:

"Cosa significa?

«Non molto, Gregory. Tuttavia, è qualcosa che ti interesserà sapere.

Quel tuo "amico" è anche un mio amico. È il figlio di un allevatore di Victoria che è venuto con un piccolo fagotto per venderlo. Suo padre mi scriveva consigliandomi e, temendo che cadesse nelle mani sbagliate, ho fatto in modo che osservassero il suo arrivo ei suoi movimenti.

"E sono rimasto deluso nel vedere che non sei così intelligente come sembri, perché hai detto che l'uomo è l'unico animale che inciampa due volte sulla stessa pietra.

"Perché hai ripetuto il trucco di mettere un uomo nel prato per dare la caccia agli incauti che vengono a vendere fagottini e quel ragazzo, che questa volta non era Roger, perché è scomparso, ti ha portato qui per metterti nel loro grinfie come gli hanno portato il signor McClellan poche notti fa.

Gregory arrabbiato si mosse, gridando:

"Sei un cretino e questa volta hai miseramente fallito. È vero che mi hanno portato quell'allevatore, come me ne hanno portati altri, ma che altro ha da dire? Abbiamo fatto un accordo, ho comprato il bestiame, l'ho pagato in buoni dollari per il suo bestiame e non gli è successo nulla ... È che non ho il diritto di trovare un modo per fare affari, anche se ho bisogno l'aiuto di un uomo? fiducia?

"Hai insistito nel farmi partecipare alla sventura del signor McClellan, che non sei stato in grado di provare, e ora stai cercando di incolpare me per qualcosa che è successo solo nella tua fantasia. Credi che io sia disposto a permetterti di prendermi come bersaglio dei tuoi fallimenti?

"Io non ho fatto nulla e non c'è nulla che tu possa dimostrarmi. Io invece l'ho denunciato che mi è stato rubato del bestiame legalmente mio e, invece di cercare i ladri, perde miseramente tempo a spargere reti così rozze, che sono solo buchi stupidi senza forza legale per avvolgermi... Sei così idiota che non vuoi rendertene conto?

"Se in verità quell'uomo è figlio di un amico che ti ha incontrato, penso che sia la prova che non gli è successo nulla e che nessuno ha tentato contro di lui. Se l'hai pianificato in questo modo, credendo di essere in possesso della verità, ti renderai conto che stai correndo la più grande delle cose ridicole. "

«È possibile, Gregory, ma temo che tu sia quello che ha torto un po'. Non sono un idiota come sospetti, né la rete ha buchi così larghi che un elefante può scappare attraverso di essi.

"In questo momento ho nei miei uffici, pronti a fare una bella chiacchierata con me e con i commissari, i tre ragazzi che avevi affisso alla porta in attesa che il mio amico se ne andasse e anche ena "Le lentiggini", che a quanto pare arrivano per incontrarli per dare loro istruzioni Quei quattro sono lì in un posto sicuro, è ora che chiariremo molte cose che fino ad ora hai avuto la grande capacità e la grande fortuna di eludere.

"Ti avevo avvertito che non sono un uomo che si arrende e te lo dimostrerò. Se ho sbagliato, sono disposto ad ammetterlo, a lasciarmi perseguire come calunniatore e lasciare la stella per sempre; ma se non sbaglio ne succederanno tante. cose molto pittoresche. E siccome lo dimostrerà nel confronto che tutti terremo stasera nei miei uffici, vi invito ad unirvi a me. Lì chiariremo tutto e uno di noi sarà sconfitto e l'altro vittorioso.

"Quindi, se sei così sicuro di aver agito onestamente, sarai il primo a desiderare che la verità risplenda e che io sia scoraggiato. Quindi spero che non implori e mi accompagni di sua spontanea volontà . "

Mentre lo "sceriffo" stava chiarendo la vera situazione, il ruffiano si rese conto che questa volta lo "sceriffo" era stato più furbo di quanto si aspettasse e gli stava per stringergli il collo e la sua immaginazione stava lavorando a tutta velocità, cercando un'uscita che lo facesse Non vedo facile perché la rete era troppo fitta.

E temendo che la sua trionfante carriera nella rapina stesse per concludersi in modo tragico, prese, come aveva tentato prima "El Pecas", una drastica risoluzione.

Non si lasciava prendere e rinchiudere come un agnello mansueto e preferiva esporsi a tutto, per trovare una scappatoia attraverso la quale scappare. Farebbe appello ai più tragici, anche se lo costringesse a lasciare San Antonio a cavallo e rifugiarsi in qualche altro luogo meno esposto.

Ma intuendo che lo "sceriffo" fosse all'erta e che non sarebbe stato facile sorprenderlo, nascondendo la sua reazione e senza alterare minimamente i lineamenti della sua faccia da poker, esclamò:

Perché non lo sceriffo? Sono disposto a sottopormi a quel test per dimostrare che sei andato troppo oltre nella tua fantasia.

«In tal caso, posso occuparmi del tuo revolver prima di uscire? Non mi piace camminare nell'ombra con un uomo che ha un "Colt" dalla sua parte e che può usarlo il più velocemente possibile.

"Molto bene. Vuoi che te lo dia? Preferisci rimuoverlo da solo, o farlo fare a qualcuno per te? Accetto quello che hai per dimostrarti ancora una volta che ti sbagli.

Lo "sceriffo" ebbe un attimo di esitazione. Era convinto che Gregorio non avrebbe acconsentito ad accompagnarlo volentieri, tanto meno che si sarebbe lasciato disarmare impunemente, e si chiedeva se almeno questa volta, quando si credeva trionfante, avesse sbagliato; ma deciso ad andare fino in fondo, rispose:

«Preferirei che qualcuno ti prendesse la pistola, ma non cercare di fare uno scherzo perché la pagherà cara.

"Ti mostrerà no.

Voltò le spalle e alzò le braccia. Lo sceriffo "ha segnalato a un cliente in modo che fosse lui a rimuovere il revolver dalla cintura del ruffiano da dietro. Un silenzio impressionante era stato prodotto nel bar prima del dialogo teso. Nessuno, nemmeno lo stesso "sceriffo", aveva osato affrontare il pericoloso indesiderabile e il fatto che quella situazione si fosse verificata, li aveva sospesi.

Il cliente estrasse la rivoltella di Gregory e la porse allo "sceriffo", che se la mise in tasca. Gregory si voltò.

"Sei soddisfatto? Chiese ironico.

"Qualcosa che hai fatto più di quanto mi aspettassi; ma non ha ancora fatto tutto. Dai, avanti.

Fu allora che accadde l'imprevisto. Gregory, abbassando il braccio destro, si era lasciato sfuggire una piccola rivoltella che era nascosta nella manica e prima che lo "sceriffo" potesse rendersi conto delle sue intenzioni selvagge e meno di mettersi in guardia, gli sparò due volte saltando di schiena come un gatto, conquistare la porta del corridoio e fuggire attraverso il recinto, come era fuggito Robert.

Lo "sceriffo" lanciò un grido di angoscia e si portò le mani al petto in un gesto di dolore e disperazione, mentre i testimoni del dramma, paralizzati dall'inaspettata aggressione del ruffiano, non avevano reagito contro di lui.

Ma quando ci provarono, era troppo tardi, perché Gregorio, a tutta velocità e, trovata aperta la porta del recinto, scomparve. Alcuni sono andati ad aiutare lo "sceriffo". Questo, cercando di rimanere integro, gridò:

"Per favore, uno di voi corra nei miei uffici e veda i miei commissari, che sono lì! Che cerchino quello sciacallo traditore e non si arrendano finché non lo portano crivellato di proiettili!

Mancando di forza, crollò e tra i tanti, dopo aver applicato dei fazzoletti alle ferite per contenere l'emorragia, lo trasportarono e si affrettarono a cercare il medico più vicino.

Eseguendo l'ordine dello "sceriffo", uno dei clienti corse negli uffici, dove i due commissari, Saúl e Robert, aspettavano con impazienza il ritorno dello "sceriffo".

Per precauzione, i detenuti erano stati rinchiusi in gabbie. C'erano anche quattro tipi di quella pericolosità per non prendere precauzioni con loro.

E aspettavano con impazienza il ritorno dello "sceriffo". Sebbene avessero un sapore duro e coraggioso, provavano un certo disagio, perché conoscendo Gregorio si doveva temere una reazione selvaggia in lui se si vedeva in pericolo imminente.

Gregory, sparando fuoco dai suoi occhi, corse velocemente al "Dollaro d'argento" dove, in quel momento, dovrebbero essere gli altri suoi uomini.

La banda si era ridotta, perché Gregory aveva cautamente mandato Roger e tutti gli altri che avevano preso parte alla finta rissa fuori da San Antonio la notte in cui McClellan era stato ferito.

Ma aveva ancora cinque uomini rimasti lì. Gli altri quattro erano negli uffici dello "sceriffo" detenuto. Con un segnale imperioso li costrinse a uscire sulla strada e quando furono fuori gridò:

"È arrivato il momento di rischiare tutto su un'unica carta. Lo "sceriffo" mi aveva sistemato quella sera, ottenendo una parte del successo. Ha detenuto "El Pecas" e altri tre nei suoi uffici e intendeva arrestarmi. L'ho messo al tappeto con due colpi in "El Caballo Salvaje" e, poiché non possiamo più deriderlo, dobbiamo combattere la battaglia decisiva. O lui o noi.

"Per questo ho deciso di fare irruzione negli uffici e dare libertà alle nostre aziende.ñEros. Allí credo che solo i due commissari e due uomini per sei come noi siano pochissimi.

"Se lo 'sceriffo' è stato ferito mortalmente, come mi sembra, ed eliminiamo i due commissari, avremo preso il controllo della situazione. Porterò subito chi è andato ad Austin e vedremo se dopo la lezione qualcuno avrà il coraggio di prendere la stella e mettersi di nuovo davanti a noi. Sei soddisfatto del mio piano? "

Tutti annuirono. Non erano molto felici di affrontare gli spari con autorità, poiché era estremamente pericoloso, ma se Gregory avesse abbattuto lo "sceriffo", non c'era altra scelta che andare avanti o scappare e lasciare San Antonio prima di essere catturati in un raid . drastico.

"Bene, andiamo," disse Gregory risolutamente. Tutto è stato così veloce, che sono certo che la notizia non è ancora giunta alle orecchie dei commissari. Si saranno precipitati ad assistere lo "sceriffo" dimenticandosi del resto, a parte il fatto che hanno paura di noi e nessuno vuole starci davanti. Prenderemo alla sprovvista i commissari e li uccideremo facilmente.

Attaccati alle pareti per passare inosservati e in una fila lontana, si incamminarono verso il luogo dove si trovavano gli uffici. Se nessuno avesse preso precauzioni chiudendo la porta, sarebbero entrati di sorpresa e, quando avessero voluto rendersi conto dell'aggressione, sarebbe stato troppo tardi per evitare la tragica fine.

Ma, sebbene Gregorio avesse manovrato rapidamente, non aveva potuto impedire che la notizia giungesse a conoscenza dei commissari e, così, quando si avvicinarono agli uffici il cliente di "El Caballo Salvaje" era già dentro, che era stato incaricato di dare l'avviso ai commissari.

CAPITOLO X

LA FINE DEL PUGNA

La persona incaricata di comunicare la tragedia ai commissari parlò nervoso e affaticato dalla gara ed entrambi i commissari, Saúl e Robert, digrignarono i denti per la rabbia mentre riflettevano sulla codardia di Gregory.

"Si è preso fino al collo e ha rischiato tutto per una carta" ha commentato Robert. Ora, la domanda è sapere dove si trova e quante persone ha al suo comando, perché lancerà tutti i suoi satelliti nella lotta poiché ha perso tutto.

E per quanto riguarda la richiesta dello "sceriffo" di andare all'inseguimento di quell'avvoltoio, penso che sia stata sbagliata, perché se lasci questo con quattro furfanti nelle gabbie, può succedere che, se se ne accorgono, verranno a liberali e le cose si fanno più brutte per te.Ora i commissari sono i nemici più diretti e cercheranno di eliminarli a tutti i costi.

"Cosa possiamo fare? Ha chiesto uno dei vice sceriffo. Abbiamo ricevuto un ordine e

...

"Un ordine emesso in un momento in cui la sua testa non doveva meditare su certe cose. Voleva essere costretto a pagare Gregory per la sua cattiveria, ma non riusciva a pensare con calma alle conseguenze. Secondo me, tutto può essere armonizzato, dal momento che sia il mio amico Saúl che io ci uniamo alla sua parte e siamo pronti ad affrontare ciò che viene presentato.

"E una soluzione praticabile è che il mio amico Saúl, che ha tre pedine non lontano da qui in attesa dei suoi ordini, vada subito a cercarli e venga subito con loro qui. Allora saremo in sette e un commissario potrà stare con uno .o due braccianti e l'altro, con noi, ci dedichiamo alla caccia e alla cattura di quel maiale... Se qualcuno ha un'idea migliore, la proponga".

Tutti ritennero che il piano fosse ottimo e Saúl, senza perdere tempo, uscì dagli uffici e corse a cercare i suoi braccianti che erano stati lasciati in periferia in attesa dell'ordine di prendere in carico il fagotto e ricominciare il viaggio di ritorno al ranch, perché il piano di Saul era "prima che tutto si capovolgesse" per fuggire con le corna una volta che Robert avesse raccolto l'importo e lasciare di nuovo l'indesiderabile fuori dal giro.

Ora questo non era più fattibile in momenti così critici, ma le sue pedine potevano essere un ottimo contrappeso nella ricerca per eliminare Gregory.

Saúl è stato fortunato, lasciando gli uffici cinque minuti prima che Gregory ei suoi avvoltoi si avvicinassero a loro con l'intenzione di aggredirli. Se fosse stato un po' in ritardo, gli avrebbero dato la caccia sparandogli a tradimento.

E così, mentre l'audace caporeparto correva ai rinforzi, Gregorio si avvicinava pericolosamente agli uffici, pronto ad assalirli di sorpresa.

Ma il furfante non aveva contato sulla sagacia di Roberto, che appena uscito l'amico, gli indicò:

"Penso che sia preferibile chiudere bene la porta ed essere attenti a ciò che può accadere fino al ritorno di Saúl. Nessuno sa quali possano essere i piani disperati di quel ragazzo, che conosce un millimetro da un proiettile di rivoltella o un piede da una cravatta di canapa. Ecco quattro uomini che ti sarebbero molto utili per combatterci, e potresti essere tentato di venire a prenderlo come meglio puoi.

L'avvertimento di Roberto colpì i due commissari, che decisero di seguire il consiglio e chiusero la porta, passando la sbarra di ferro interna alla presa che la riceveva per dare più sicurezza all'inviolabilità della casa.

La decisione è stata quanto mai opportuna, perché pochissimi minuti dopo, gli assalitori sono arrivati in silenzio, incollati alle pareti, alla porta dell'ufficio.

Robert aveva incaricato un commissario di stare dietro la porta attento a qualsiasi rumore e poiché nell'ufficio c'era una finestra che dava sulla piazza, da lì potevano vedere arrivare Saúl ei suoi uomini.

Per ulteriore precauzione, ordinò che la lampada fosse spostata nella stanza vicina. Fuori c'era un buon chiaro di luna ed era meglio stare all'ombra all'interno. Fu Gregory che, teso, rigido, impugnando la rivoltella con feroce determinazione, andò per primo alla porta e tastò intorno; la lama non cedeva di un millimetro, indicando che si erano chiusi dall'interno.

Dovette mordersi il labbro per evitare di rilasciare la maledizione che li aveva colpiti. La battuta d'arresto era grave, perché non solo evitava la sorpresa, ma non sarebbe stato facile irrompere con la forza.

Il leggero rumore che fece quando tastò più volte la porta nel caso cedesse, fu colto dal commissario, che si affrettò ad informare gli altri di ciò che aveva scoperto. Robert, teso, ha commentato:

"Sono stato un po' un indovino e lo celebro, penso che se fosse fattibile potremmo provare a fare una piccola sorpresa a chiunque.

"Come?

"Non aprire loro la porta e invitarli a entrare. Sarebbe sciocco, perché non sappiamo quanti potrebbero provare a farci visita da soli. Ma... vado a vedere se alzo la caccia e scopriamo quanti avvoltoi hanno messo le zampe davanti alla porta.

Poiché gli uffici erano in ombra, Robert si avvicinò furtivamente alle sbarre della finestra e poiché non poteva vedere nessuno, infilò il braccio tra due sbarre, lo girò in direzione della porta e sparò due volte di seguito, ritirando rapidamente la pistola. braccio.

Un ruggito di dolore intenso, seguito da un coro di imprecazioni rauche, smascherò gli assalitori. Non potevano più mantenere l'incognito perché erano stati scoperti.

Immediatamente, una nutriente vibrazione di spari fu la risposta all'atto audace del pedone, ei proiettili passarono attraverso le sbarre.

Robert, che aveva ordinato a tutti di cadere a terra per evitare che un proiettile li colpisse se avessero sparato frontalmente, sorrise divertito.

"Giuro che sono sei o sette a giudicare dai colpi che hanno sparato. Una forza non trascurabile, se ci avessero colto alla sprovvista.

Immediatamente ci furono nuovi boom e questa volta non lanciarono un'occhiata oltre la finestra, ma i proiettili penetrarono diritti ma alti, scavando nel muro di confine.

Gli assalitori, rinunciando a forzare la porta, si erano ritirati da essa per sostare davanti agli uffici nella speranza di raggiungere i difensori facendo entrare i proiettili attraverso la finestra.

Ma il tentativo è stato infruttuoso, perché nessuno voleva essere il bersaglio dei colpi.

Al contrario, Robert ei due commissari si avvicinarono in ginocchio all'apertura della finestra e, senza guardare fuori, posarono le loro pistole sul davanzale e spararono a ventaglio, sperando di cogliere qualcuno di sorpresa.

Non udirono più urla di dolore, ma Gregory ei suoi uomini, castigati di sorpresa e con un grave sicario, si erano ritirati dal punto pericoloso, cercando di ripararsi dai colpi sparati contro di loro nell'ombra.

Ma furiosi, concentrarono i loro fuochi contro la finestra e i proiettili piovvero contro di essa, penetrando attraverso i ferri e inchiodandosi con insistenza nella parte anteriore della parea.

"Finiranno per abbattere il tramezzo senza bisogno del piccone", ha commentato scherzosamente Robert. Quando sarà finito, sembrerà uno scolapasta.

Per diversi minuti, la sparatoria è stata intensa. Gli assediati usarono la loro tattica di sparare vicino all'inquadratura senza essere visti, ma sprecando piombo inutilmente.

"Lascia che siano loro a consumare le loro munizioni. Hanno preso le misure e non sarà più facile sorprenderli.

"Sì, ma cosa succederà quando il tuo amico tornerà?

"Se non smettono di sparare, questo servirà da avvertimento e, se smettono, saremo noi a sparare con saggezza per avvertirli.

Gregory, disperato per il fallimento, diede l'ordine di smettere di sparare, e poi con voce di tuono gridò:

"Commissari, se decidete di andarvene, vi prometto che vi lasceremo andare senza farvi alcun male. Se insisti a restare lì, preparati, perché darò fuoco all'edificio e non farò uscire nessuno vivo.

Robert, senza guardare, fu incaricato di rispondere:

"Non essere bluffare, Gregory. Non hai il coraggio di avvicinarti allo sparo, perché ti arrostiremo vivo. Per dare fuoco, devi mostrare la tua faccia da uomo coraggioso e tu... sei un dannato codardo.

Gregory, all'insulto, gettò il revolver contro la finestra, ma senza successo.

"Perché non esci e me lo dici qui? Ruggì.

"Perché non do la belligeranza agli assassini. Meriti di morire appeso a un albero e un'altra morte sarebbe troppo nobile per te.

Le parole di Robert finirono di accendere l'ira del ruffiano, che, furioso fino al parossismo, urlò:

"Quel nido di sciacalli deve essere dato alle fiamme o non avremo ottenuto nulla. Bisogna sbrigarsi perché se qualcuno reagisce e si schiera dalla parte dello "sceriffo", avremo perso la partita.

Ma non era lo stesso dirlo che eseguirlo. Avvicinarsi agli uffici significava opporsi a una bara e nessuno sembrava disposto a entrare in un recinto così stretto. Infine, si osava indicare:

"Forse si può provare qualcosa da dietro. C'è il recinto e, se non possono occuparsi di entrambi i fronti, qualcosa si farà.

"Bene, vai avanti due per vedere cosa si può fare. Nel frattempo, distraiamo quei rospi.

E per raggiungere questo obiettivo, si prepararono a continuare a usare i proiettili inutilmente.

Nel frattempo, Saúl era corso più lontano che poteva finché non aveva lasciato il villaggio e aveva preso contatto con i suoi peoni, che erano già nervosi per il suo ritardo.

Saúl li informò rapidamente dell'accaduto e li invitò a unirsi ai commissari nella ricerca di Gregorio. Le pedine non hanno esitato a sostenere il piano.

Poiché Saul era rimasto senza cavallo, montò a cavallo di un pedone e tutti e quattro si precipitarono negli uffici. Ma molto prima di raggiungerli udirono il clangore dei "Colts" e Saúl, nervoso, gridò:

«Per i chiodi della croce!... Dev'essere assalito negli uffici. Presto!

Avanzarono ulteriormente, ma prima di entrare nella piazza, Saúl fermò i suoi uomini, smontò e, avvicinandosi alle facciate, sbirciò con discrezione nella piazza. Le detonazioni sono esplose dal confine, ricevendo risposta dagli uffici. Saúl, dopo aver studiato la situazione, fece un passo indietro ordinando;

"Io rimango qui e voi vi girerete e ciascuno di voi entrerà da uno degli incroci che portano alla piazza. Affrettatevi perché tra cinque minuti darò il segnale di attaccare sparando un colpo.

I peoni obbedirono e Saúl, sdraiato, per non dare nell'occhio, attese, contando i minuti. E stava per dare il segnale, quando ha scoperto due pacchi che, cercando di circondare la piazza, stavano attraversando davanti all'imbocco della strada dove avevano teso un'imboscata. Saul non esitò un solo istante. Due nemici messi fuori combattimento sarebbero due perdite nemiche importanti e, allungando il braccio, sparò loro quattro volte.

Nessuno dei due è riuscito a raggiungere l'angolo opposto ed entrambi sono caduti contorcendosi tra urla di dolore.

L'attacco inaspettato colse di sorpresa Gregory ei suoi uomini rimasti e per un momento non seppero cosa fare. Ma quando hanno cercato di reagire, tre uomini a cavallo hanno fatto irruzione nella piazza da tre punti diversi, sparando al confine degli uffici.

L'effetto è stato devastante. Gli assalitori, temendo di essere attaccati da una forza superiore, tentarono di fuggire; ma le uscite furono chiuse, e per pochi minuti ne seguì una feroce lotta in cui tuonarono tragicamente le rivoltelle.

Saúl, non affrontando nessun altro nemico, avanzò gridando a squarciagola:

"Robert, dai, sono nostri!

Quella chiamata ha deciso la lotta. Robert, con i due commissari, si lanciò in piazza sparando furiosamente, non c'era più modo che nessuno degli assalitori potesse fuggire.

Gregorio, che era riuscito a raggiungere il centro della piazza cercando di scappare attraverso il confine, si trovò tra diversi fuochi incrociati e, infuriato, deciso a vendersi cara la vita, si gettò a terra e iniziò a sparare in maniera pazzesca , cercando di raggiungere uno dei suoi nemici.

Ma la sua coraggiosa resistenza fu scarsa e breve. Una serie di colpi che lo cercavano nella luce argentea della luna, andarono a trafiggergli la carne e finì per rimpicciolirsi con la rivoltella stretta, ma non più abbastanza forte da sparare.

Pochi minuti dopo, nella piazza regnava un tragico silenzio. Neppure uno della banda di Gregory era sopravvissuto all'accerchiamento mortale, ei loro cadaveri giacevano in varie posizioni grottesche nell'arco della piazza.

Quando Saúl ha incontrato il suo amico e i commissari, il dramma era finito e la minaccia di quel temibile rapinatore e sicario era stata cancellata per sempre.

I commissari lasciarono Roberto e gli operai alle cure dei prigionieri e, rapidamente, si diressero a "El Caballo Salvaje" in cerca di notizie, per conoscere lo stato dello "sceriffo" e dove si trovasse. Gli è stato detto che si era incontrato a casa del medico più vicino e lì sono andati.

Lo "sceriffo" era stato colpito due volte al petto, ma uno era irrilevante. Il proiettile si era scontrato con la stella, deviato e l'aveva solo morsa.

L'altra ferita era più grave, ma dopo che si era cicatrizzata, il medico assicurò che non era mortale. Ci sarebbero volute tre settimane per guarire, ma sarebbe uscito dalla trance. Lo "sceriffo", duro come una roccia, aveva sopportato le cure e non aveva perso i sensi. Pertanto, quando il medico finalmente annunciò la presenza dei due commissari, superando il dolore, chiese:

"Cosa e tra newsandis? Cormo habandis ci vuole così tanto tempo?

«Le notizie non possono essere migliori, capo. Gregory e tutti gli uomini utili che aveva qui sono morti un quarto d'ora fa.

"Come? L'hai finalmente trovato?

"No, ci ha cercato e quella è stata la sua rovina.

Un commissario informò ampiamente lo "sceriffo" di tutto ciò che era accaduto e dell'intervento di Robert, e delle sue pedine. Lo sceriffo, soddisfatto, ha commentato:

"È stato un aiuto provvidenziale e dovrò perdonare quegli uomini per i trucchi che hanno usato per far uscire Gregory da un puff.ñado de dorlares. Dopotutto, se lo sono guadagnato, per quello che hanno esposto. Grazie a loro abbiamo eliminato la banda più pericolosa di avvoltoi che si era insediata a metà del percorso.

Ora trova un carrello e prova a spostarmi a casa mia. Lì mi sentirò meglio e potrò proporre cosa si dovrebbe fare, se c'è ancora qualcosa da fare.

* * *

Il giorno dopo, quando Robert e Saúl andarono a far visita allo "sceriffo" per informarsi sulle sue condizioni, il ferito, stringendosi la mano, disse:

"Sono molto grato a loro per l'aiuto che hanno dato ai miei commissari e per il rischio che hanno corso per contribuire allo sterminio di questa pericolosa banda. E poiché voglio ricambiare in qualche modo con te, aiuterò il signor McClellan a risolvere il suo problema. Dimentichiamo quella manciata di dollari che hai preso a Gregory con la trappola che gli hai teso e parliamo del mucchio che hai portato a vendere.

"Si rivolgeranno a una certa persona a cui li raccomanderò. So che per avermi servito e grato di aver contribuito a far sparire Gregory, che una volta ha preso parte al furto di un fagotto scomparso, non avrà problemi a comprare il bestiame. È un commerciante onesto, che Gregory ha preso dagli affari con il trucco di anticipare per catturare la volontà di coloro che sono arrivati.

"Con questa vendita, avrai felicemente completato la difficile missione che ti sei prefissato e il tuo datore di lavoro salverà le tue difficoltà finanziarie raccogliendo i proventi della vendita.

"Quanto a te, amico Robert, so che partirai subito per Abilene. Ti faccio i miei migliori auguri e sono sicuro che, con un uomo come te, al servizio di un allevatore, il tuo bestiame è al sicuro."

Entrambi ringraziarono lo "sceriffo" per l'aiuto e, quello stesso giorno, Saúl contattò il commerciante, che comprò i tori al prezzo di dieci dollari. Questo diede a Saúl un'enorme soddisfazione, perché ora poteva dire al suo datore di lavoro tutte le informazioni. L'Odissea è successo da quando lo hanno ferito e rassicurato sui soldi che erano così necessari per salvare la sua situazione finanziaria.

Quello stesso giorno, prima che Saul andasse a trovare il suo datore di lavoro, incontrò Robert ei suoi operai per elaborare la distribuzione dei novemila dollari che Gregory aveva dato. Robert dovette avanzare verso Abilene, poiché il gruppo era appena arrivato, al quale avrebbe dovuto unirsi come concordato.

Saúl capì che con cinque di loro che avevano contribuito a rendere possibile la trappola per dare la caccia a Gregory, doveva dare a Robert cinquemila dollari e gli altri quattromila per darli all'allevatore, come risarcimento del danno ricevuto. Ma Robert ha respinto la proposta, dicendo:

«Non è giusto, Saul. Entrambi abbiamo fatto del nostro meglio per raggiungere una conclusione positiva e per quanto io e le mie pedine, le tue ce l'hanno. Pertanto, la mia proposta è di separare la metà come concordato e, poiché siamo intervenuti, nove, alcuni di più e altri di meno, ma ognuno ha svolto la sua missione, distribuiamo cinquecento dollari; duemilacinquecento per me e i miei compagni e duemila per te e i tuoi tre pedoni. O è distribuito così, o butto i soldi nel fiume.

Saúl dovette accettare la formula e il denaro fu distribuito come suggerito da Robert.

Saúl si separò da tutti per andare in ospedale a vedere il suo datore di lavoro. Erano due giorni che non veniva, e immaginava che McClellan fosse nervoso e preoccupato per la sua assenza.

E così è stato, perché l'allevatore, che stava migliorando notevolmente dalla sua ferita, non poteva spiegare il comportamento del suo caposquadra, molto di più non avendo nulla da fare lì, ma aspettare la sua dimissione dall'ospedale.

Per questo, appena lo vide comparire nella stanza, censurì:

"Non c'è diritto, Saúl... Due giorni senza comparire da queste parti... Non mi dirai che ti è successo qualcosa che te lo ha impedito...

"Ebbene sì, capo; Sono successe tante cose che tu ignori, come altre erano successe quando eri ferito e non era il momento o l'occasione per rivelartele, perché allora erano cupe e poco piacevoli per te e per tutti.

"Per fortuna in poche ore il panorama è cambiato e ora tutto è felice e magnifico per te e per me, che ho passato ore molto amare senza che tu lo sospettassi.

L'allevatore, rigido, chiese:

"Vuoi spiegarti, Saúl?

"Sì, capo. Ti racconterò tutto e ti farà capire il motivo di averti un po' trascurato.

Saúl gli raccontò tutto quello che era successo dal momento in cui era stato deliberatamente ferito per rubare i suoi soldi, fino al momento della morte di Gregory e della sua banda. L'allevatore lo ascoltava con gli occhi sgranati e un'espressione di stupore sul volto, perché era ben lungi dal sospettare di essere caduto in una trappola e che stesse per perdere la vita, il bestiame e il denaro.

"Che mascalzone! "urlò". E pensare che credevo fosse tutta una sfortunata coincidenza!... Dio mio!... Che cosa mi sarebbe successo se avessi perso il bestiame e il denaro?... Solo a pensarci apre le mie carni.

"Ecco perché non volevo dirgli nulla e gli ho mentito assicurando che i soldi erano in possesso dello" sceriffo. "Avresti amareggiato la tua esistenza senza che tu avessi potuto fare nulla per porvi rimedio e io sarei stato più nervoso per te.

"Avevo deciso di recuperare i soldi in qualche modo e mi sentivo in grado di derubare lo stesso Gregory e sparare i soldi dal suo portafoglio.

"Questo è stato meglio. Ho aiutato lo "sceriffo" a risolvere un problema serio e tu, a parte l'infortunio, sei uscito vincitore per via dei diecimila dollari della vendita del bestiame, avrai quattromilacinquecento risarcimenti. "

"Perché altrimenti non ho fatto niente? Quei quattromilacinquecento dollari sono tuoi; Te li sei guadagnati esponendoti per salvare i miei interessi ed è giusto che siano per te. Ho risparmiato i miei soldi e ne ho abbastanza.

“Ne ho cinquecento nel cast realizzato dal mio amico Robert.

“Beh, con quelli ne hai cinquemila.

"E per cosa voglio quella cifra?

"Allora? È una bella somma per quando devi preoccuparti di iniziare una casa. Hai l'età, sei un bel ragazzo, formale, serio, leale e perbene, e queste qualità hanno un valore molto considerevole quando pensi di fondare una casa, che è ora che tu ci pensi.

Saúl abbassò la testa per nascondere l'imbarazzo che gli avevano causato le parole del suo datore di lavoro. Il ricordo di Barbara gli era tornato alla mente con forza travolgente e un tremito nervoso lo colse. Per nascondere il suo imbarazzo, rispose evasivamente:

“Un giorno dovrò pensarci, capo, ma sono molto poco per la donna che sogno e quando l'impossibile è lontano dalla propria mano, è meglio dimenticarli e aspettare che succeda qualcosa un'altra volta.

"Diavolo! Sei diventato avido adesso, Saul?

“Non lo sono mai stato, capo. La mia ambizione in questo senso è solo sentimentale. Ambisco la donna che giudica capace di farmi felice ed io lei; Nient'altro mi importa, ma a volte quella donna può essere troppo alta e allora tutto diventa un sogno.

"Beh, bene, non essere pessimista! Quando la situazione si stabilizza e puoi guadagnare di più e anche godere di una parte dei benefici, allora avrai accorciato le distanze se quel caso si presenta. Per ora risparmia i soldi e risparmia su questo per ogni evenienza.

“Se lo vuoi in questo modo, lo farò, capo. E ora dimmi cosa pensa il dottore della tua ferita.

“Il dottore dice che ho un'incarnazione di toro e che in tre giorni posso uscire di qui, anche se con cura che di tanto in tanto mi curano. La ferita guarisce molto bene e mi sento forte.

“Quindi preparo tutto in tre giorni e partiamo subito. Qui non abbiamo niente da fare.

Robert partì per Abilene con i suoi. compagni e Saúl hanno marciato per salutarli, abbracciando tutti con affetto.

"Buona fortuna Robert" gli augurò.

«Spero di averla, Saúl, e se è così, prometto di farti visita quest'inverno, quando il percorso finisce.

"Ti ringrazierò e se le cose sono cambiate e nel ranch del padrone c'è bisogno di manovali, per me sarebbe un piacere che tu restassi con noi.

«Il tempo lo dirà, Saul.

Tre giorni dopo, come aveva indicato McClellan, fu rilasciato e autorizzato a lasciare l'ospedale. In quei giorni, Saúl aveva fatto visita allo "sceriffo", che gli forniva dettagli che gli piacevano. Uno di questi era la dichiarazione dei suoi prigionieri. Erano stati tutti costretti a parlare e, per salvarsi il più possibile dalle loro responsabilità, incolpavano Gregory, denunciando tutte le sue rapine. Hanno anche fornito i dettagli di contatto di coloro che erano fuggiti a seguito dell'attacco di McClellan. Erano ad Austin e lo "sceriffo" telegrafò lì per essere arrestati e processati come il resto della banda.

Il giorno in cui McClellan lasciò l'ospedale, Saúl andò a cercarlo. L'allevatore non aveva mentito quando affermava di sentirsi forte e grintoso per intraprendere il viaggio. Ma prima che capissi o cosa dovessi visitare lo "sceriffo", ringraziarlo per il suo intervento e salutarlo. Lo "sceriffo" lo accolse con piacere e poi rispose:

"Non sono io che devo ringraziare, ma il suo caposquadra che è caparbio, coraggioso e scaltro, glieli devo dare anche io e glieli do, perché è uno dei pochi uomini che ho trovato di mio gradimento in ogni modo . Se fossi sposato, avrei una figlia, ti assicuro che non lo lascerei scappare finché non riuscissi a convincerlo a sposarla.

L'allevatore lo guardò per un attimo come se le sue parole fossero qualcosa che lo colpisse profondamente, e poi, sorridendo, disse:

"È il miglior complimento che tu abbia potuto fare a un uomo che mi ha dimostrato fedeltà assoluta da quando è entrato nel mio ranch. Nemmeno io vorrei mai perderlo e cercherò di farlo sentire così a suo agio con me che non sarà mai tentato di abbandonarmi.

E con quella dichiarazione un po' enigmatica, ha salutato lo "sceriffo" con una forte stretta di mano.

* * *

Il rientro al ranch è avvenuto senza incidenti e Barbara, già molto preoccupata per una così lunga assenza, ha accolto il padre con un abbraccio molto commovente.

"Oh, papà, quanto tempo sei stato! Ero nervoso e...

"Beh, calmati, siamo già qui.

Ordinò a Saul di portare i peoni al pascolo e di aspettare la sua chiamata. Quindi si ritirò con la figlia nella sala da pranzo, dove, togliendosi il cappello, espose la ferita ancora coperta da una toppa. Lei, spaventata, esclamò:

"Buon Dio!... Che ti è successo, papà?

"Non ti preoccupare, non è più niente. Poteva essere tanto, tanto da lasciarti orfano e rovinato, ma Dio è buono e veglia anche su chi è buono.

"Tuttavia, credo nel mio dovere di dirti tutta la verità, in modo che oltre a conoscerla, apprezzerai in tutto il suo coraggio, la lealtà, l'affetto e il coraggio di Saúl, senza i quali tutti quei disgraziati potrebbero cadere su di te. "

L'allevatore diede alla figlia un resoconto dettagliato dell'intera odissea che avevano sopportato e della tenacia e sagacia di Saul per liberare prima il bestiame per costringere Gregorio a pagarli di nuovo e come, alla fine, la banda era stata annientata e lui tornò. con diecimila dollari risparmiati grazie al furbo caposquadra.

La ragazza lo ascoltava stordita e con una strana luce negli occhi. La sua inclinazione verso il ragazzo con cui aveva giocato da ragazza era grande, e il fatto che per il bene di suo padre avesse corso quei pericoli, infiammava ulteriormente la sua ammirazione per lui.

L'allevatore, che la stava guardando cercando di indovinare le sue reazioni, aggiunse:

"E sai cosa mi ha detto di lui lo 'sceriffo' quando sono andato a ringraziarlo e a salutarlo?

"Cosa ha detto?

E se fosse stato sposato e ne avesse uno. figlia, non lo avrebbe lasciato andare finché non avesse potuto sposarla, perché non avrebbe trovato per la ragazza un marito migliore di Saul.

La guardò dritto negli occhi e lei arrossì.

Dopo un momento di silenzio, osò chiedere:

"Di cosa parla quel commento, papà?

"Beh... quando l'ho sentito, ho capito che ho anche una figlia per la quale vorrei un marito ideale come Saúl. Sto invecchiando, un giorno scomparirò e... chi meglio di lui per fare mia figlia è felice e si prende cura della sua proprietà?Chiunque sia stato leale e disinteressato con me nei momenti difficili, non potrebbe essere bollato come egoista se a un certo punto cercasse di sposare la figlia del suo datore di lavoro.

Barbara, arrossata, sussurrò:

"Vuoi dire che me lo chiedi?...

"No, no, non chiedo niente! Dio mio! Alludo a una possibilità che potrebbe essere felice per entrambi. Conoscete Saúl da quando eri bambino, ci avete giocato, vi siete capiti e lo conoscete a fondo. Ma questo non significa nulla se non esiste quell'altro sentimento che è essenziale per unirsi a un uomo.

E se esistesse?

"Barbara! Davvero?...

"Papà. Saúl mi è sempre piaciuto; ma anche questo non significa nulla, se non sono attraente per lui come sarebbe necessario per una simile unione. Lo capisci?

"Certo che capisco, ma che sia dannato se non ho indovinato che è innamorato di te e fa enormi sforzi per nasconderlo. Di recente, quando gli ho dato i dollari che aveva portato a Gregory e gli ho detto di metterli da parte per quando pensava di iniziare una casa, ha detto delle cose strane...

"Qualcosa come se avesse pensato a qualcuno che è sopra di lui in posizione e comincio a sospettare che ci fosse qualcosa nascosto nelle sue parole che ti ha colpito. Non voglio violare te né violerei lui, ma per me sarebbe una grande soddisfazione vederti sposata con un brav'uomo e sapere che, se un giorno sarò assente, avresti qualcuno a vegliare su di te e renderti tutta la felicità che meriti.

"Grazie papà" disse abbracciandolo commossa. Di certo non so cosa penserà Saul, anche se a volte ho sospettato che fosse innamorato di me. Se è così, vedremo come parla chiaramente e, se mi ama, ti prometto che mi considererò felice come te e spero che sia felice come entrambi.

* * *

Poco dopo, McClellan chiamò Saúl per dire:

"Mi sono sentito obbligato a dire a mia figlia tutta la verità e, come puoi immaginare, la sua emozione e gratitudine nei tuoi confronti sono infinite. Ha sempre sentito un'inclinazione molto espressiva nei tuoi confronti, ma se mancava qualcosa per accentuarlo, la tua impresa l'ha raggiunto. Vuole ringraziarti personalmente e... ti aspetta in sala da pranzo. Saul, tremante di emozione, entrò nella stanza. Corse da lui, gli prese le mani e, con accento commosso, disse:

"Saúl, non trovo le parole per ringraziarti per quello che hai fatto per mio padre e, in segno di rifiuto, per me. Vorrei trovare qualcosa che mi permetta non solo di apprezzarlo, ma di compensarlo come merita.

«Per l'amor di Dio, signorina Barbara, non dica così! Me...

"Saúl, tanto tempo fa mi hai chiamato Barbara e al mio orecchio suonava bene. Perché sei cambiato e ora mi tratti con quella cerimonia?

"È che... allora eravamo due creature senza pregiudizi, ma dopo... tu sei cresciuta, sei diventata una donna e io... essendo un'umile serva del ranch, ho dovuto mettermi al mio posto e posto te in cui corrispondeva.La apprezzo troppo per commettere errori che le avrebbero fatto del male... lei... beh, non so come metterla.

"In mio onore?

"Non intendevo molto. Sei al di sopra di ogni malinteso, ma io... io...

"Avevi paura che quell'amicizia d'infanzia potesse andare oltre in te e hai cercato di frenarti aprendo un divario tra te e me, vero?

Si irrigidì quando la sentì e, fissandola, chiese:

"È necessario che io lo confessi così?

"Se è vero, perché no? Questo atteggiamento ti onora.

Beh è vero. Avevo paura di farmi trasportare da quell'attrazione e... ho cercato di non andare fuori linea. spero che tu non mi censuri...

"Di cosa avevi paura? Di mio padre che ti respingeva?

"Che sei stato tu a darmi il colpo di grazia fermandomi i piedi e censurando la mia audacia.

"E se avessi sbagliato? Se non fosse stato così, cosa pensereste?

Lui, rosso d'emozione, esclamò;

Cosa voleva dire Barbara?

"Ti ho fatto una domanda... Rispondi...

"Oh!... Se avessi saputo che mi sbagliavo e che ho perso l'opportunità di essere l'uomo più felice della terra, mi sarei buttato nel fiume come un idiota.

"In tal caso, aspetta che si asciughi e che l'acqua non arrivi al collo per farlo.

Saulo, udendola, balzò come un gatto e, afferrandola per le braccia, gridò rauco:

"Barbara, per tutti i santi! ... dimmi ... dimmi che non ho sbagliato nell'interpretare quelle parole e che tu ... tu ...

"Sciocco! Tutto quello che hai, da bravo caposquadra ti è facile incontrare donne. Vuoi che ti dica qualcosa di più offensivo?

La attirò a sé, la prese tra le braccia e con voce rotta gridò:

"Sì, dimmi di più, dimmi tutto ciò che è più offensivo, perché me lo merito. Ma dopo... dopo, dimmi che mi ami come io ti amo da quando si è risvegliato in me il desiderio di voler essere amato!

Lei non rispose, ma lo baciò sulla fronte e lui ricambiò il bacio con un suono che avrebbe fatto invidia al boom di una "Colt".

FINE